Letras Viajeras II

Marco Antonio Ojeda pérez

Jardín sonoro ediciones

Letras viajeras II
Marco Antonio Ojeda Pérez

Marco Antonio Ojeda Pérez.

Radicado en la ciudad de México,

cronista, ilustrador y dibujante

con profundo amor por las

costumbres y tradiciones de su

país, observador del entorno y de

Las diferentes historias que suceden

cada instante.

Relatar pequeñas historias a través

de versos prosas y poemas se ha

vuelto parte de su día a día desde

el año de 2001.

Amante de la ciencia ficción, pero con

Los pies sobre la tierra.

Jardín sonoro ediciones

Letras viajeras II
Marco Antonio Ojeda Pérez

Jardín sonoro ediciones

Letras viajeras II
Marco Antonio Ojeda Pérez

LETRAS VIAJERAS II

México 2020©

Contacto:

valkiriaorgus@yahoo.com.mx

hunter050@hotmail.com

marcojeda5555@mail.com

Seguir más referencias en:

letrasviajerasmexico.wordpress.com

omegaorbiussketches.wordpress.com

omegaorbius en Instagram

Omega Orbius/Facebook.com

ISBN en trámite.

Jardín sonoro ediciones

Letras viajeras II
Marco Antonio Ojeda Pérez

Jardín sonoro ediciones

Letras viajeras II
Marco Antonio Ojeda Pérez

Prologo.

Salir de casa cada mañana y encontrarte con todas esas
emociones regadas por calles y avenidas, en los puentes y
cada esquina, palabras sin decir y voces sin hablar cuando lo
que importa es que todo aquello llegue a su destino para
alojarse en el corazón.

El camino está marcado sobre estas calles de concreto gris
asfalto y acero, sin nada más que mis piernas, mi mente y mi
alma entre millones de personas y nadie a la vez escuchando
mil historias y pensando que la vida se fue.

Buscando a la viajera, a esa que de tren en tren va del campo
a la ciudad entre el cielo, la luna cual espejo argentífero y su
manto aquello que me da la paz y me llevará de nuevo a
reflejarme en tus ojos del alba al anochecer entre tanta gente y
nadie a la vez, convertirme en cronista de los hechos diarios en
esta ciudad o en cualquier otra recorrer sus calles, deshacer
sus entrañas y contar las nuevas del hoy y del ayer escribiendo
sobre páginas vírgenes estas historias de letras viajeras a
quien las lee, las escucha y las puede ver.

Por mil senderos recogiendo besos, habitando en casas vacías
con las miradas escudriñadoras del gato y del jaguar
protectores de esta tierra, de los valles y las cimas más altas
en las que la soledad es un tesoro y desde ahí planear viajes
estelares sin dejar otra cosa que la marca del tiempo entre
despedidas y estas letras viajeras.

(autor)

Marco Antonio Ojeda Pérez.

México 2020©

Jardín sonoro ediciones

sendero.   -55-

Miro un rato el viejo camino, contando sus losas de una en una y recuerdo tus pasos tan firmes y armoniosos cuál si fueran las notas escritas para una partitura, la hierba muy verde tierna y húmeda apenas rozándote, como anhelando tu encuentro.

Y la lluvia cayendo sobre este camino que sólo tiene un sentido y propósito, llevarme a tu encuentro para acercarme a tu horizonte tan lejano pero necesario.

Te extraño demasiado, el culpable es el sendero en mi vieja puerta que da al jardín de tu cuerpo con sus losas, sus hierbas, el viento, las aves, el sol y tu recuerdo.

Pensando en ti paso la tarde, recorriendo el sendero, escuchando los grillos, las hojas el gato y la lluvia diciéndome te quiero.

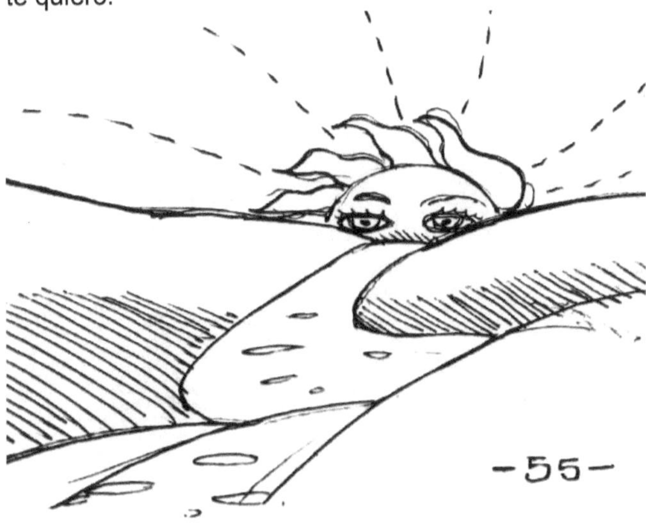

-55-

Jardín sonoro ediciones

Letras viajeras II
Marco Antonio Ojeda Pérez

¿Que sería? -56-

Si el sol no me tibiara por las mañanas.

Si el viento no me arrastrara en cada pasada.

Si tu mirada no me llegara.

Si tu aroma no me deleitara.

Si la mariposa no tuviera color.

Si este cuerpo estuviera desnudo de piel.

Si tú no me miraras.

Sería polvo esperando al viento, la lluvia y al sol para llevarme
a tu encuentro.

Jardín sonoro ediciones

Letras viajeras II
Marco Antonio Ojeda Pérez

Soledad. -57-

Un extraño tremor recorre mi ser cada tarde y hasta el
anochecer, me congela la sangre de pensar que no hay nada,
ni nadie más, ni un murmullo ni un destello, sólo el vacío
dejado por ti.

Miles de segundos transcurridos y sin embargo parece que fue
hace un momento, la sensación es incomparable temor,
angustia de no tenerte, de no poseerte y todo ¿para qué? sin
nada que compartir las horas son hojas en blanco en las que
nunca se escribió nada. Gotas de un agua insalobre, pero
necesaria para la vida, fluye un nuevo riego en esta cosecha
que nadie quiere, que nadie espera.

¿Y qué me dices de tus besos? Si quedaron tatuados con
hierro y fuego en estos labios que se han sellado para nunca
dejarlos partir, del aroma de tu piel, del timbre de tu voz, todo
ello quedó plasmado en el lienzo del tiempo porque ahí estará
mejor, más seguro, imperturbable como el mismo amor.

Mientras permanezco aquí como guardián vuelto roca,
centinela en soledad resguardando este tesoro para quien
merezca el derecho de poseerlo.

Jardín sonoro ediciones

El amor de mi vida. -58-

No te diré que eres lo mejor que me ha pasado en la vida porque lo sabes.

No haré flores en el aire para ti porque ya las tienes todas, las mereces de cualquier forma y yo no te las puedo dar.

No te diré que te amo porque esto va más allá de solo ser una pareja o un matrimonio, no será una carta de amor del día de san Valentín.

No te diré que te quiero porque eso se demuestra y lo he hecho, tampoco te pediré que te vayas conmigo porque no soy un injusto.

Lo que si haré es estar contigo y para ti como nunca nadie ha estado, no siendo indiferente, no obstaculizando tus deseos siendo para ti compañero de oscuros sentimientos y de perversas aficiones.

No te juzgare jamás, aunque me digas que serás mía porque nunca lo has sido, pero con gusto me quedaría contigo niña bella llenando mis pupilas, pues ya mi alma y mis sentidos los has hecho propios.

No pretendo ser obsceno, pero que los más ardientes sueños siempre sean contigo, aunque pertenezcas a otro cielo querida señora Hada, no es una carta de amor para ti, pero si así fuera sería lo más cercano a querer a alguien a mi lado, aunque sé que tu vida es tuya y la mía tuya.

Jardín sonoro ediciones

Letras viajeras II
Marco Antonio Ojeda Pérez

Jardín sonoro ediciones

Andares. -59-

Cada cincuenta pasos descubro estar vivo en cada esquina y cada cruce de avenida.

Cada calle por recorrer, por conocer es la esperanza de encontrarte de nuevo visitando plazas y adoquines de este gran pueblo.

 Y te veo en la vendedora de flores, en la ama de casa que va camino al mercado, te veo en las aceras y las escaleras del metro con esa mirada de agotamiento.

Te miro en la cristalería y entre los comercios.

Estás presente en cualquier parte, en la noche, en el día tomando el tren de las cinco, en la tintorería y aunque estás en todos esos sitios, sólo perteneces a una parte en este momento.

 Y estás justo aquí dentro de mis ojos y en mis recuerdos.

 A cada cincuenta pasos he de ver la luz que me lleve a ti entre lo que fue y lo que será eternamente.

Jardín sonoro ediciones

Letras viajeras II
Marco Antonio Ojeda Pérez

Jardín sonoro ediciones

Espejo del tiempo. -60-

A través de la distancia inconfundibles, llanos sinceros son tus recuerdos grabados en mi memoria receptiva y universalmente dedicada a ellos.

El bruñir de aquellas herramientas que da la vida produce en mí estupor y desconcierto, pero no me desalienta, no me restringe, no me limita.

La materia prima está en tu cuerpo y en mis deseos, nos dejamos llevar por ese escultor que es el tiempo.

Y rompemos lo solido con el puro aliento y tomamos formas caprichosas con estos cuerpos quitando lo necesario, haciendo uno y mil nuevos intentos, me dejo llevar por tus formas pidiendo amor para sellar este encuentro.

Jardín sonoro ediciones

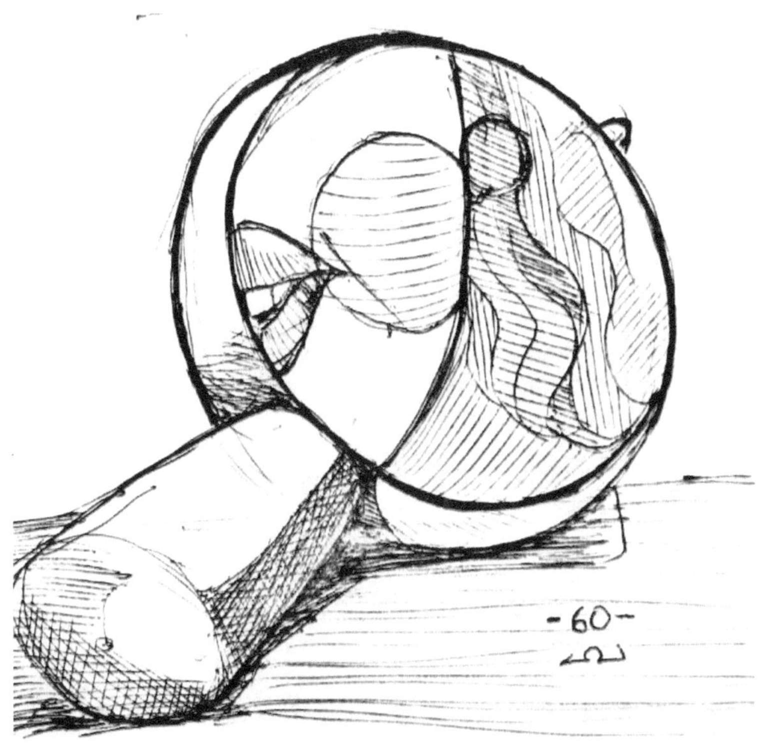

Jardín sonoro ediciones

Baño. -61-

Hoy despierto y no te encuentro, tu lugar tibio aún y sin embargo no has estado aquí, pero eso sólo me dice que le has ganado a mi amanecer.

Hoy me levanto solo, pero con tu esencia impregnada en el ambiente, no está tu ropa ni tu piel, pero tu perfume se quedó en mi memoria.

Hoy me apuro a hacer las labores propias de mi naturaleza y me rodeo de las gotas de agua en la regadera, son como tus manos y tus labios, me sumerjo en ellas, se evaporan en mi junto con mis más voraces deseos.

Me exhortan a continuar, fundirme y evaporarme en ti para luego terminar escurriendo de deseo y éxtasis, entonces así empezar cada nueva mañana haciendo el amor pensando en ti de esta manera envolviéndome en todo ese vapor de tu sensación sin estar aquí, pero conmigo por siempre, para siempre.

Jardín sonoro ediciones

Letras viajeras II
Marco Antonio Ojeda Pérez

Jardín sonoro ediciones

Basta. -62-

Como una melodía no escrita pero grabada en el papel del tiempo llegada de remotos lugares está tu voz, esa bella canción salida de ti que endulza, que adorna y se vuelve un decreto para seguir amándote mientras mi vida tenga vida, basta sólo con escucharte.

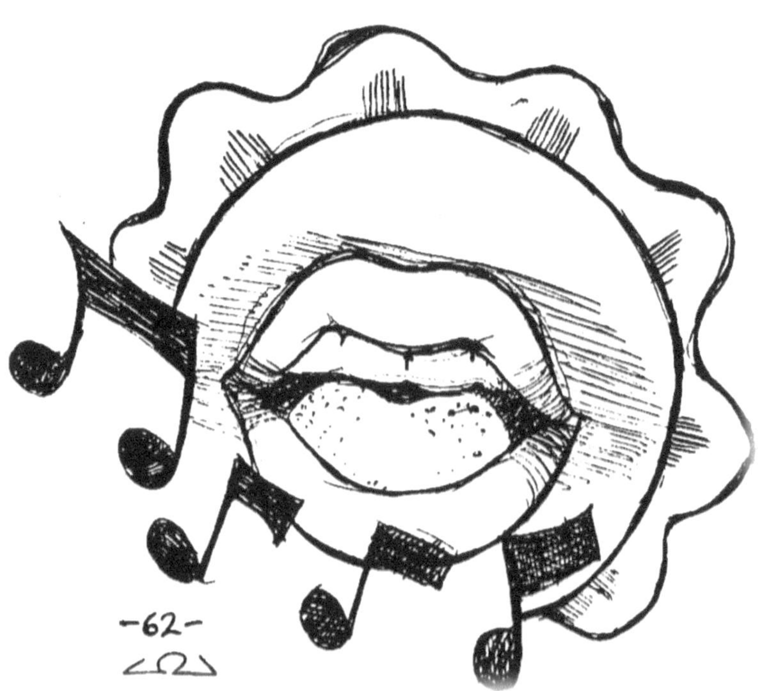

Letras viajeras II
Marco Antonio Ojeda Pérez

Besos sin hogar. -63-

Heme aquí vacío de toda idea y conciencia, de toda percepción
y tiempo, pero no estoy solo, vivo en tu cuerpo, en tus
momentos, en el pensamiento y en cada sentimiento.

Porque soy el mismo tiempo que queda segundo tras segundo,
grabado ceñido en tu cuerpo.

No pertenezco a un sitio ni a un momento, sólo existo porque
soy parte de tus deseos.

Jardín sonoro ediciones

Búsqueda en el infinito. -64-

¿Qué me dices ahora? si lo he hecho todo, si he ido a todo lugar imaginable, si me he vuelto luz para alcanzar lugares del alma.

Y si me he convertido polvo esperando que seas el viento que me lleve a tu morada.

¿Y si estoy hecho pedazos esperando una mano que me una a su piel?

¿Y si de pronto desaparezco? Quiero encontrarme con tus labios dentro de tu mirada en el infinito del tiempo ordenando recuerdos, atesorando experiencias y uniendo sensaciones tuyas y mías, buscando en el infinito de tu alma.

Jardín sonoro ediciones

Camino de migajas.   -65-

No puedo decir cuánto tiempo tardaré y sin embargo me siento
como si apenas empezara a reunir los pedazos de lo que fuera
gozo, ternura y corazón.

Buscando debajo de pesadas losas entre las sombras, por en
medio de las olas y en el desierto, cada fragmento esparcido y
vuelto recuerdo que se niega una vez más a ser archivado.

Y me levanto de entre la hojarasca contando las piezas que
llevo reunidas, caminando a ciegas por este sendero incierto
humedecido por sentimientos y lamentos hechos llagas
ardientes pensando que aún no son suficientes los pedacitos
para siquiera intentar armarme por completo.

No es nada todavía ni aliento, ni corazón ni espíritu.

Mi alma por el firmamento dispersa, el corazón hecho piedra y
el ser en el infierno luchando más allá del tiempo.

No hay forma de descanso hasta tenerlos de nuevo pues el
camino de migajas llega hasta el mismo cielo.

Jardín sonoro ediciones

Mi refugio.   -66-

En el umbral del dolor espiritual lo único que me salva de caer
tan abajo como para no levantarme es esa vaga esperanza de
tomar una mano desconocida pero que de seguro es tan cálida
como para mantenerme en el camino del ser humano.

De entre la soledad y la muchedumbre desangelada sólo un
aura se manifiesta clara y sincera, no más, no menos; ese
breve momento conmigo y sin ti es un lugar en cero, nulo para
los demás, pero valido para este deseo de protegerme en tu
cuerpo maduro tan lleno de las cicatrices del tiempo.

No hay mejor lugar que el hogar de tus brazos llenos, la alegría
de tus ojos, el abrigo de tus labios pequeños y tu cabello
rebelde en cada atardecer lejano, con eso me quedo
esperando llegar algún día a mi refugio, tu cuerpo, aunque esto
me conduzca al mismo infierno.

Jardín sonoro ediciones

Cena íntima.   -67-

Tarde de agosto, quizás como cualquiera, pero no esta, no ahora.

¿Que la hace especial? sólo tu presencia, lugares bonitos hay muchos, pero el más bello del mundo es justo ahí donde te encuentres tú.

Meses de espera y solo un instante fugaz apasionante y preciso cual parpadeo de dios, cual aurora eterna plagada de colores.

El momento ha llegado, estás frente a mí y aún no lo creo, ver sentir y escuchar que no eres un sueño y endulzar mi café con tus deseos, paladearlo envuelto en tus besos de sabor intenso, delicado postre tomando tus dedos.

Pasan las horas saboreando el momento, desnudas nuestras almas como si fueran nuestros cuerpos y hacemos el amor con solo mirarnos, el vapor de ese café perfuma tu pelo enredado en mis dedos prendiéndome fuego.

Parece que todo es uno con tu cuerpo, tus formas perfectas para mí para este momento, llegando la noche continúa el encuentro de nuestras pasiones y ardientes deseos, haciendo el amor de mil maneras, diciéndote amor en todo momento.

Continúa la noche, ha terminado nuestra cita, haciendo el amor solo tomando tus manitas y ¿sabes? Reservaré otra cita para cenar, tomar un café, quiero que se repita...

Jardín sonoro ediciones

Letras viajeras II
Marco Antonio Ojeda Pérez

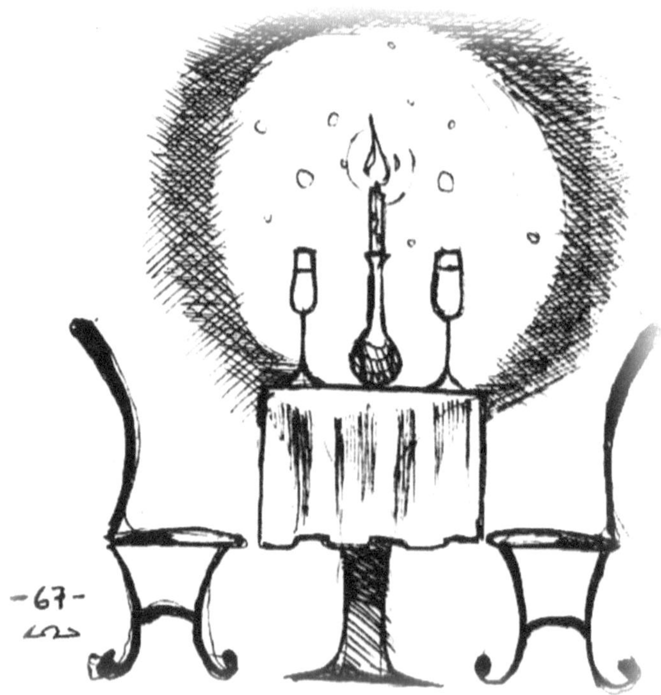

Jardín sonoro ediciones

Cenizas.   -68-

El amanecer se vuelve aún más claro casi como el mediodía
de tus ojos apacibles pero intensos, casi como invitándome a
entrar en ellos y el canto de los ruiseñores inunda tu cielo,
desgarra tu silencio como provocando un suspiro oculto en mil
susurros.

Y nadie imagina lo que se avecina pues estas ramas secas
sedientas de una gota de ti se enredan en tu mañana, crujen
casi a punto de desintegrarse.

Y tu mirada fugaz deja entrever el deseo y la lujuria de tus años
en tus temporadas de abundancia y sequía, el día transcurre,
cálido o seco como si esperara todo suceso y mis ramas y
tronco se enredan en ti tratando de calmar su sed ¿y qué es lo
que sigue? Una chispa o un soplo de viento creador de este
fuego ardiente de tu deseo.

Y llamas voraces rompiendo el silencio crepitando y
consumiendo estos cuerpos, rojo y naranja convertido en mil
sueños abandonando la carne la piel y los huesos, dejándonos
llevar a lo más intenso para luego desintegrarse en el fuego.

Estas llamas nuestras dejaron una huella que estará ahí por
todas las eras, aunque al anochecer quedasen solo lava y
cenizas.

Jardín sonoro ediciones

Letras viajeras II
Marco Antonio Ojeda Pérez

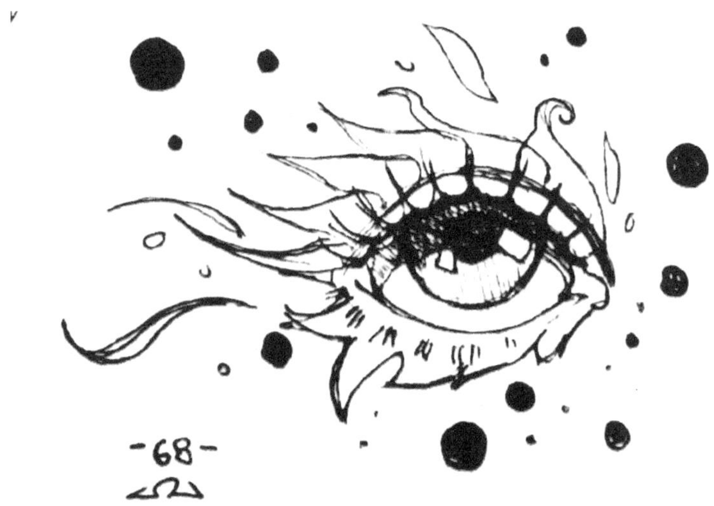

Jardín sonoro ediciones

Cielo. -69-

   Las luces de esta ciudad caótica, taciturna, endeble, aunque
a su vez llena de recovecos plagados de paz y armonía; me
iluminan luciérnagas eléctricas cibernéticas.

Y lo único que no cambia es el manto extenso sobre mi
cabeza, las mismas estrellas, el mismo viento, tal vez el aroma
de acero y concreto, pero tú sigues ahí en cada muro gris y
cada ventana no importa si llueve o hace calor, nada te mueve
por que en cada rincón estas tú.

Y veo el horizonte que enrojece segundo a segundo y el sol
incendiando tu manto llenando todo de fuego como alcanzando
el clímax. Yo el astro incandescente tú, el manto del cielo
uniéndose sin estar juntos incinerando estos cuerpos.

Y así doce horas al día un cielo azul y un amarillo intenso,
abracemos esta ciudad iluminando todo, cada rincón y
recoveco, amémonos más tú cielo, yo fuego.

Esta unión sin cuerpos todo lo envuelve en algodón y arcoíris
propiciando calor humedad y luego rocío, amémonos más tú
cielo, yo fuego.

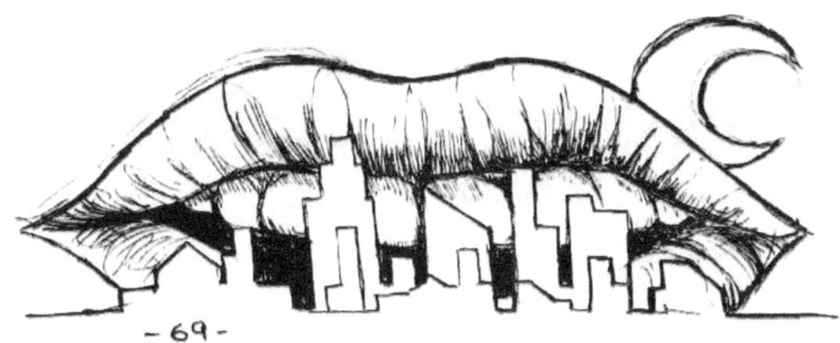

Jardín sonoro ediciones

Invisible. -70-

Tras de ti como si fuera la sombra del final del universo llevas cientos de cometas arrastrando, siguiendo el magnetismo que invade tu ser tortuoso como si fuera la materia oscura que lo invade todo desde los destellos cósmicos en tus ojos hasta los opulentos sonidos de tu corazón palpitante.

Que más desearía que viajar por entre las constelaciones sinuosas y misteriosas de tu universo, convertirme por siempre en ese viajero sin rumbo, conquistando cada nuevo mundo tuyo como aquel que llega a tierras desconocidas y se maravilla al ver lo frondoso de sus bosques bañados por el rocío matinal mientras de entre las copas de los árboles asoman orgullosas, imponentes cumbres sobre amplios y ricos valles para entonces posarme en tu tierra sagrada y yacer ahí eternamente.

Celeste.   -71-

Un lienzo inagotable de virtudes reunidos en tu mirada sí, en esa mirada tan llena de todo lo amado, de suspiros, de emociones en tu semblante tan luminiscente coronado por lo intenso de tu cabello y complementado con dulces melodías vueltas voz y palabras.

 El viento siempre trayéndome tu perfume, el sol iluminando tu tez y está a un tiempo cobijando mi desnudez del alma y te miro a cada instante, en todas partes porque te tengo y me tienes por siempre a tus pies. El celeste del firmamento es mi hogar y tus brazos mi cobijo.

Jardín sonoro ediciones

Mirada nocturna.   -72-

En el horizonte lejano se pierden horas de desvelo caminando sin mucho más que mirar pues no me interesa nada sólo verte de nuevo.

La calidez de la primavera se aproxima cuando el significado de un suspiro solo tiene sentido si a San Luis voy.

Así es como mi alma recorre noche a noche el viento para llegar a ti y no consigo despertar tu ser material más que con un furtivo beso.

Y me pierdo entre el velo de las noches tibias de la huasteca, los sonidos de aves taciturnas y el aroma de tu piel morena mirando poro a poro de tu lienzo desnudo grabando cada detalle en la eternidad del tiempo y susurrando a tu oído "estaré contigo cada momento".

Y tu gato me escucha enroscándose en tu cuello, envidioso mínimo déjame quererla.

Regreso a mí al amanecer por completo agotado pero feliz por viajar surcando tiempo y viento para mirar lo bello y lo único que es tu sueño.

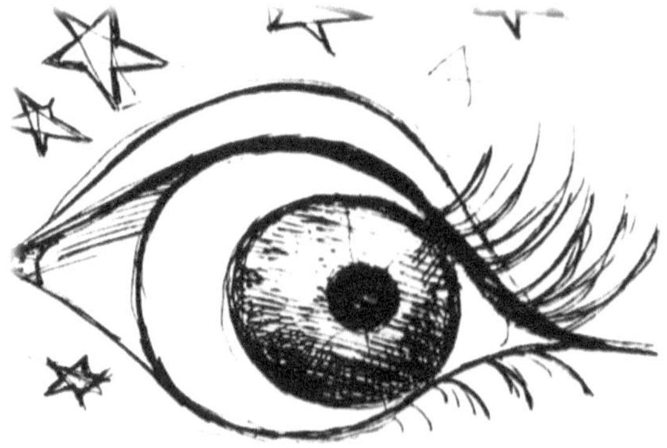

Jardín sonoro ediciones

Deseo.   -74-

El tic tac del viejo reloj en la pared anuncia el momento, como
desde el inicio de los tiempos me parecen muchas eternidades,
muchas más de las que recuerde jamás como viajar a través
de miles de vidas una estación tras otra, inviernos o primaveras
no lo recuerdo, sólo me mantiene lúcido esperar ese momento,
en el que se encuentren nuestros cuerpos porque nuestras
almas son una, desde el inicio en que nacieron los tiempos.

El reloj avanza y se pierde nuestra materia, pero no así nuestro
deseo puro, deseo sin tiempo.

Solo el tic tac nos queda entre tu cuerpo y mi cuerpo, solo
entre mi deseo y tu sexo como la flor y el ave que la mira de
lejos.

El tiempo como mudo testigo de este suplicio de suspiros
contenidos por un intangible momento de amantes en el
profundo ser de su ser y su tiempo.

Juntos estamos en lados opuestos que se necesitan y buscan
ser complemento, reunir su esencia llenarla de vida y muerte,
fluidos y sonidos buscando la fórmula mágica del ser unificada
fuera del tiempo.

De este tiempo del que son prisioneros ser uno, ser el todo, de
las cosas que se convierta en carne, en sexo, en luz y agua en
un puro deseo.

Jardín sonoro ediciones

Letras viajeras II
Marco Antonio Ojeda Pérez

Jardín sonoro ediciones

El árbol. -75-

La hierba es mi lecho y una roca mi almohada el sol me
mantiene vivo, esperando de nuevo pertenecerte.

Regresar a lo básico, a la vida a tú cuerpo.

Me cubren con sus murmullos los seres pequeños grillos, aves
y flores me acompañan en esta odisea que es el viaje hacia ti.

Recorrer en mis venas tu esencia, tu cuerpo vuelto sal, azúcar,
fuego y agua juntos.

Y todos pisando mi rostro vuelto pasto seco sin advertir que
soy yo y que te espero.

Completar mi ciclo es lo justo, lo bello volver a ti, siendo hierba,
viento, tronco, nido de vida, tu árbol eterno ser muerte,
esperanza, llanto, alegría el círculo completo, tú y yo el final de
todos los tiempos.

Jardín sonoro ediciones

Letras viajeras II
Marco Antonio Ojeda Pérez

Jardín sonoro ediciones

El gato.   -76-

Como un centinela nos acecha el gato en el tejado de en frente, quizás esperando que suceda de nuevo aquello que nos trae cada vez a este apartado lugar, desolado pero perfecto cómplice de cada nuevo encuentro, una batalla entre nuestros cuerpos.

Y sus ojos nocturnos complacidos por esta ofrenda de tú y yo fundidos entre susurros y suspiros, tu piel reflejada en cada pared desnuda de aquellos aposentos vacíos pero llenos de ti, de tu sensual cuerpo cada esquina, en cada hueco, en el umbral, en el dintel yo te poseo y el gato maúlla avisando nuestro encierro.

Nuestro rincón el sitio perfecto, nadie nos ve solo aquel gato, no hay penas, ni tontos prejuicios, ni tu edad ni la mía sólo estos cuerpos.

Rozando paredes esquinas, el dintel y el umbral cualquier lugar de este nuestro hogar, mi deseo en tu deseo y desde el tejado de enfrente el gato nos mira con cierto recelo de esta pasión de mi deseo de poseerte cálido, tierno, salvaje como si quisiera comerme tu sexo…

Jardín sonoro ediciones

Letras viajeras II
Marco Antonio Ojeda Pérez

Jardín sonoro ediciones

El origen.   -77-

Una semilla de origen desconocido en tierra fértil, cálida y tierna, pero sin nadie que la cultive, un sólo instante un poco de ese líquido maravilloso creador de vida ¿y luego qué? Un latido presagiando lo que puede venir, lo que puede sentir, un tallo, un retoño la sensación de invadirlo todo atado a un mundo terrenal convertido en un sueño.

Es cierto que existe el sol, la lluvia y la mano del hombre, pero el viento convertido en ti me consuela, me alienta y me alimenta de ese prodigio de lo bello tan, dulce lo tierno de lugares lejanos de personas desconocidas, meciendo tu voz en mis ramas con tu aliento cálido, tierno, erótico y verdadero.

Llega la lluvia, es septiembre, mis hojas se alimentan de la sabiduría de tu cuerpo, plena generosa circulando entre mis ramas y yo en tu cuerpo, pero ¿que ha sido todo eso? es solo un sueño del niño árbol y el viento.

Jardín sonoro ediciones

Vivir de ti.   -78-

Todo transcurre igual, tan plácido sin prisas como cuando se mira un paisaje en una pintura, todo está ahí, perfecto sin cambios, justo donde el artista lo puso.

Pero, ¿sabes? Realmente no es así, en mi paisaje hay viento hay brisa, escucho tu canto y el trinar de los pájaros acompañándote, la luz sobre tu piel destellante de vida, el caos de saberte tocada por los elementos, ser fuego en las entrañas de la tierra y abrasarme por dentro, desintegrarme en ti y volver a quemarme sin fuego, caer hecho cenizas y hacerme uno contigo en tu vientre y ser creado de ti madre de mil pasiones.

Crecer como crece el sauce, extenderme en tus adentros y ser alimentado por tu líquido etéreo gota a gota, para luego elevarme cual diente de león, por el viento tuyo, cargado de tierra húmeda, vida de tu agua y el fuego de mil deseos.

El nombre de esta pintura llena de éxtasis es: vivir de ti.

Jardín sonoro ediciones

En las montañas.   -79-

Rozando el infinito del cielo tras borrascas y vientos te
encuentro, susurros y latidos del centro de tu ser me guían cual
tambor clamando una danza, un ritual de costumbres
nocturnas, cual felino al acecho.

Manteniéndome en suspenso me envuelves en la bruma y me
humedeces cual retoño esperando ese espacio recóndito de
tus entrañas puras, cálidas y vastas.

Y te observo alejada en el horizonte, pero no te pierdo ni por lo
lejano, ni por el tiempo y este peregrino que es mi deseo te
recorre, te explora, te conoce y revela tus secretos.

Trazando tus caminos surgido de tus laderas, amplios valles y
mesetas, me interno en tu naturaleza y apago mi sed en tus
manantiales, descanso en tus pastizales y siento que me
pierdo mientras doy vueltas. Llegando siempre al punto de
partida que son tus deseos, valles, ríos, colinas y mesetas de
abundante naturaleza, son y eres tú mi eterna montaña.

Jardín sonoro ediciones

El viento. -80-

El viento me regresa al presente, a la orilla del viejo lago mi amigo compañero de tristezas, alegrías y encantos en el que espero algún día verte sentada a mi lado tomados de la mano contándonos las canas y acariciando nuestros rostros maduros llenos de tu vida y mi vida, de tu tiempo y el mío, de estos hermosos reflejos, aquí te espero eternamente por todos los tiempos.

Jardín sonoro ediciones

Enfado. -81-

Sentado a la orilla de aquel viejo lago miro mi reflejo y retrocedo en el tiempo, no he encontrado el momento en el que no estés tú, en el que no existas aquí.

Aún sin conocerte y sin haberte visto mi corazón sabía que el lugar reservado sin nombre, sin rostro era para ti.

Un cuarto de hora en este reloj de mi tiempo ha transcurrido en ausencia tuya, pero sintiéndote segundo a segundo de un paso al otro del engranaje de mi vida, de una estación a otra del año esperando siempre por ti, un año nuevo tuyo y mío.

Jardín sonoro ediciones

Nada queda.   -82-

Sin enviar pétalos en llamas florecidos de un alma espinosa a
quedar pendientes cartas de amor cibernético y un lugar vacío
en tu cama.

Sin recoger cenizas para abonar esta tierra fértil de tus senos
esperando lluvia implacable mojar ávida tu terreno.

Y rosas marchitarse al calor de los estúpidos celos por no
tenerte tatuada en este corazón lleno de fuego.

Cenizas de rosas por pétalos en fuego y música hirientes
jugando este juego, absurdas las cosas que pasan contigo.

De aquel amor, no queda nada que muera pues todo queda,
de aquellas cenizas solo rosas quedan, tallos en espinas
floreciendo en la tierra.

Nada más que cenizas abonando la tierra, sin enviar cenizas al
aire sólo eso queda.

Jardín sonoro ediciones

Entre sombras.   -83-

Entre sombras me encuentro a dos segundos de no volverte a
ver, cayendo en las profundidades de este abismo aterrador y
a la vez fascinante y no me quejo, más bien es el desconcierto
de caer sin tenerte más a mi lado y permanecer así
eternamente, desvalido a ciegas sin más luz que el recuerdo
de tus ojos dentro de mi mente. Y sin embargo sigo en picada
cortándome en mil partes por el filo de tus cabellos con ese
dolor que justifica mi pesar.

Y ¿sabes qué? mi vida está en tus manos infinitamente.

Jardín sonoro ediciones

Letras viajeras II
Marco Antonio Ojeda Pérez

Esencias. -84-

Basta un suspiro mío para delatar tantas cosas, para saber que
a pesar de este muro que es la distancia nos hace invisibles a
ambos.

Basta una palabra que no diga nada pero que me haga
sentirme tuyo, pertenecerte incondicionalmente.

Basta con mirar el cielo nocturno para sentirte porque aquí y
donde tu estés es el mismo manto el que nos cobije.

Y ni un desierto con su magnificencia o esta urbe con su
enormidad lograran impedir un sentimiento, ni la sensación de
tocar tu piel en cada muro, mirar tus ojos en cada ventana y de
saberte a mi lado siempre dejándote tomar de la mano en este
viaje diario a la vida, a tu lado.

Jardín sonoro ediciones

Espejo.   -85-

Aquí me tienes en tu cielo colgado, suspendido en tu tiempo y te miro desde la soledad de esta distancia que me mata y me resucita cada día con su noche.

Suspendido sobre el océano de tus ojos cristalinos deseo cubrirte con mi palidez, con este manto bordado de perlas y plata para solo dejar al descubierto lo más bello de ti.

Recorrerte de un horizonte al otro, del ocaso al alba, mientras las estrellas a mis espaldas adornan este eclipse en el que me oculto por unos minutos mientras la oscuridad nos rodea y las estrellas callan cuando nuestros cuerpos susurran al momento de amar.

Me desvanezco como cada mañana disimulado en la luz del sol esperando llegar la noche para convertirme en tu luna de nuevo.

Jardín sonoro ediciones

Letras viajeras II
Marco Antonio Ojeda Pérez

Reflejo del tiempo.   -86-

A través de la distancia inconfundibles llanos sinceros son tus recuerdos grabados en mi memoria, receptiva y universalmente dedicada a ellos.

El bruñir de aquellas herramientas que da la vida produce en mí estupor y desconcierto, pero no me desalienta, no me restringe, no me limita y la materia prima está en tu cuerpo y en mis deseos, nos dejamos llevar por ese escultor que es el tiempo.

Rompemos lo sólido con el puro aliento mientras tomamos formas caprichosas con estos cuerpos agregando y quitando lo necesario, haciendo uno y mil nuevos intentos me dejo llevar por tus formas pidiendo amor para sellar este encuentro.

Jardín sonoro ediciones

Esperanzas.   -87-

Lo que siempre se guarda algo de sentido tiene, si sólo para atesorarlo contigo ni distancia ni tiempo ni olvido, sin dolor, sin obligación, únicamente el tener noticias tuyas es mi salvación.

Lo que se espera en estos casos es llegar al final juntos, más no siempre se consigue la meta y lo que viene es superar obstáculos, cansancio y decepción para regresar de nuevo al nido con el alma hecha pedazos, pero con la esperanza de refugiarse vivo.

Jardín sonoro ediciones

Espinas   -1010-

Una singularidad en el tiempo, preciso tiempo, concreto tiempo, perdido tiempo en receso, de cada capullo una flor, una vida un empiezo, una primavera, un otoño y un invierno.

He aquí el inicio de todo en un tallo rugoso, que son los pasos del tiempo y la vida en un cuerpo esplendoroso.

 Que de verdes follajes y la abundancia de un alma florece, de picaflores que evaden sargazos terrestres enredados en tus brazos, tus cabellos y tus besos siendo aquellos que lo intenten quienes caen y mueren esperando tu mirar fogoso.

Esas espinas que ahora ya cuál barrera infinita no dejan que me acerqué ni que te encuentre y esperando me quedo hasta que se marchiten tus labios, tus ojos y tu piel quebrándose.

Pasan los años y todo aquello se hace viejo, no deja de ganarme el deseo de quererte, amarte de sentirte mía, porque mía fuiste siempre, porque yo te cultivé, te di cuidados y apapachos.

El rocío de la mañana en un beso, el viento de un suspiro contenido, los latidos de la tierra y del corazón, mi pensamiento entero, aunque en otro tuvieras presencia.

Un sentimiento vago que quede en ti me consuela, aunque sea poquito no me importa, pero será algo solo mío y que ya no duela, porque las espinas del alma han curtido mi existencia.

Jardín sonoro ediciones

La luna. -88-

Inmersa en la noche cual espejo cristalino de un rostro
blanquecino, muriendo de envidia al saber que a quién miro es
a ti, a tu alma.

Robándote los sueños y participando en ellos, perdiéndome
entre sabanas estrelladas en tanto ella a lo lejos con la tez
pálida y fría buscando el encuentro.

Tu voz el murmullo de cigarras y grillos el silencio de fondo que
no deja escondernos de aquella que nos mira que se oculta
queriendo ser tú, la más bella.

Pasan las horas y sigue expectante, mudo testigo del amor de
estos amantes, de cómo esculpo tu cuerpo con caricias y
besos.

Doy forma a esto que no se puede ver ni tocar, pero se siente
en el alma, mientras tus manos desbaratan mis fuerzas
dejando mi voluntad.

Fluyendo en un millón de orgasmos con el éxtasis que pinta la
noche y el velo de tu piel sobre mi piel se convierte en carne,
hueso y alma.

Jardín sonoro ediciones

Letras viajeras II
Marco Antonio Ojeda Pérez

Jardín sonoro ediciones

El final.   -89-

Todo cumple un ciclo como cada estación, tras un penoso pero sublime nacimiento ha llegado a este mundo hostil el alivio de tu voz nombrándome.

Creciendo y viviendo a la vez, beber de la savia de tu ser pasando a la siguiente estación el color y la luz son otros, más no la tierra en la que he nacido, su aroma es el mismo y los frutos ya maduros en ti son degustados, devorados ya por mí y mis letras forman tu cuerpo, mis palabras tus deseos.

Dos ciclos más pasan, recorrimos el alfabeto deteniéndonos, haciendo el amor en cada verso empezando en la "A" donde inicia la vida y llegando a la "Z" donde el sueño es eterno. Así empieza de nuevo este glosario queriéndote con diccionario en mano, buscando nuestro tiempo.

Jardín sonoro ediciones

Fluidos.   -90-

Horas pasan y no puedo aún creerlo, dejarme sentir tu ser,
dejarme beber tu esencia clara y otoñal.

Hacerme vivir y sentirte fuerte, suave, gentil y valiente, crear de
la nada aire y fuego envolviendo y devorando este cuerpo
como leños secos prestos a arder y convertirse en cenizas al
llegar la luz matinal.

Esparcirse de un momento a otro con la brisa que refresca y
revive todo, verdes ramas, suaves pastos, flores y aromas
inspiradas en ti cada nuevo día después de ser llamas del
deseo incontenible de tu sexo y el mío barriéndolo todo,
arrasándolo todo, ser tormenta de pieles y besos fieles testigos
esos ojos cristalinos.

 La paz infinita del florecimiento del fruto de este sublime acto
tan irrepetible, tan imprescindible, pero tan propio de cada
quien como lo son el canto al ave, el agua al pez y tu cuerpo al
mío.

La paz alcanzada después de la batalla librada de este colosal
desafío de fuerzas cada día y en cada caso, al alba donde
nadie gana ni pierde sólo hay fluidos vueltos vida en estos
cuerpos, en estos tiempos.

Jardín sonoro ediciones

Fragmentos.   -91-

Silencio indescriptible me rodea, como esperando el momento justo, aquel que llegará a su tiempo.

Mientras eso acontece revuelvo todo mi pasado y me reinvento, construyendo de mi para ti un ser nuevo, juntando todo mi dolor y llanto, mis alegrías y sonrisas, ser absoluto para tu ser y luego vivir en ti por siempre.

Te regalo mi pasado, mi presente y mi futuro, te regalo al viejo yo, al nuevo y al que no ha nacido.

Que me coloques en el muro al lado de tus cosas más amadas junto a ese retrato tuyo el del ayer, el de ahora y el de nosotros juntos, te obsequio los fragmentos de mi vida para unirlos a los tuyos.

Jardín sonoro ediciones

Frutos.   -92-

Si te he visto será por quieres que te vea y si estás conmigo es
en la distancia, en el tiempo.

Cuando estoy solo te busco en la sombra, te busco en los
sueños, te busco dormido y también despierto.

Te veo en los muros de mi vida diaria, como cada ladrillo en mi
colocado y me abrazas, me abrigas aún a lo lejos.

Te busco en los prados, en el cielo, en el follaje de los árboles,
en cualquier parte sentir tu aliento.

¿Y sabes? No debí buscar en todas partes, el fruto de esa
búsqueda aquí estaba, tu piel la tierra, tu cabello era el viento,
tu rostro el sol, tu cuerpo el mundo entero, tus labios el cielo,
tus ojos dos luceros y mi vida para poseerlos.

Jardín sonoro ediciones

Furia.   -345-

Esperar del aire oxigeno es tan cómodo como pensar que a mi llegaras algún día sin entrar siquiera en tu vida y decir que eres mía o andar un camino conocido suponiendo que esta vez el recorrido será distinto, para que a final de cuentas me doblegue ante lo inesperado de tus actos amorosos sin sentido y siga creyendo que me estés queriendo a tu lado.

Entonces estallar en millones de lastimeros fragmentos pensando que no me has hecho daño siendo tu carne mi motivo perdido y auto inflingido, no perderme nada para entonces arrojarme al vacío abrasador recibiendo golpes del alma sobre el risco bordante de la desolación sin causa.

Muriendo en tu piel, mojando en tu ser y desecharme como lo que nunca fue.

Jardín sonoro ediciones

Furtiva.   -346-

Una jornada más concluye, deja detrás de sí un cúmulo
suspiros retenidos, desvanecidos, perdidos en la inconciencia
de lo cotidiano.

El camino a casa es largo, tedioso pero estimulante y creo que
ambos sabemos el motivo, la razón que todo lo mueve, que
todo lo puede.

Tu sentir me llega entrada la noche y yo en camino a ti, entre
susurros y el viento.

Llegamos juntos nos rozamos las almas, nos desvanecemos y
siento tu cuerpo.

De tus latidos me alimento ya estoy listo y me pides ser
invadida por mil sensaciones, al unísono completamos el
circulo, tú en tus sábanas y yo en las mías.

Pero hay más, pues las caricias continúan hasta recibir al día
esperando la noche que es cuando me das vida.

Jardín sonoro ediciones

Ganancias.   -347-

Una semana más entre estas cincuenta y dos, un día tras otro,
un poco cada vez.

Y no pasa en vano el tiempo es preciso y rigoroso compañero
un justiciero implacable en los hechos de esta vida de tantas
caídas.

Y sin embargo equivalente, pues ni más ni menos me ha dado
y te ha puesto en mi camino, este el que he más andado por
azares del destino.

Si es que no te he buscado y te encuentro donde siempre
estuviste, aquí y en todas partes, ahora que empiezo el
recuento, ¿con que me quedado?

 Si no es con nombres y voces, con colores y sensaciones,
pero nada sincero y te he hallado entonces.

Unas letras en un inicio, luego imágenes formando tu esencia y
tu alma y ahora eres tan real como el sol y su calor en mi
rostro.

Entonces estas cincuenta y dos semanas me han hecho
ganarte en mi universo entero.

Jardín sonoro ediciones

Ganas.   -348-

El horizonte se ilumina cada nuevo día a pesar de haber
estado en penumbras todo este tiempo esperando, añorando
sentir de nuevo la tibieza de tu aliento más no desespero pues
aquí estás tú en cualquier momento inamovible, serena, eterna
y sublime.

Como la montaña coronada de albino y cielo. Yo rodeándote
como el verde eterno, siendo ambos uno y parte del todo,
tocándonos sin manos, besándonos sin labios y amándonos
sin cuerpos, sin nada más que las ganas de tenernos.

El tiempo nos rodea, nos envuelve y la primavera llegó, tu
manto destila ahora su torrente lleno de vida a través de mí
que me invades.

 Me impregna tu esencia creando ahora un paraíso de color,
aroma, trinos y murmullos hechos pasión, amor, dolor, placer y
éxtasis divino que no sabe de edades ni de distancias sólo
cuentan tus ganas, las mías, y nuestros cuerpos.

Jardín sonoro ediciones

El agua. -349-

Es el último aliento de esta vida oscura, sombría, como aferrándose a no salir de su cuna que lo ha sentido millones de veces.

Recordando su camino entre lajas y espinas, pero atesorando la escasa hierba verde y las pocas, pero hermosas flores a lo largo de esta vereda.

Y por instantes brillo colores y esencias impregnan mis sentidos es este aliento que no acaba de salir, reticente, expectante, incrédulo y longevo en este cuerpo, en esta mente.

Es tarde ahora para los arrepentimientos, tiempo ya de partir, pero este último gramo de vida no quiere emigrar porque aún espera recorrer por última vez tu piel, tu vientre y soplar dentro de ti esos 21 gramos de vida y alma convertidos en pasión, dolor y corazón que forman el gran esfuerzo final por ser uno contigo.

Ahora solo quedan de todo ello gotas de agua y rocío matinal que esperan acariciar tus mejillas y penetrar tus poros para hacerte mía en cada nuevo amanecer, pues te he entregado mi vida eternamente.

Jardín sonoro ediciones

Hoy.   -350-

No queda tiempo ni lugar en el que no te encuentre, no hay
espacio que no hayas llenado ya y aun así no es suficiente,
quiero que estés también en la memoria del viento que ha
recorrido todo y en la del sol que cubre aquello cuanto veo.

En el océano que baña los cuerpos desnudos de las rocas y la
arena, quiero que seas un todo que omnipresente ocupa desde
la A hasta la Z de mi universo, de mi tiempo ya que en este
momento justo te siento aquí en mi pensamiento.

Jardín sonoro ediciones

Ausente.

Me alejo para perderme entre la soledad de una multitud donde miles de personas habitan, cada una de ellas en su egoísta mundo material.

Me alejo aquí donde el estridente sonido de mis pensamientos no moleste ni perturbe la fragilidad de lo que rodea a las reflexiones vacías de contenido y forma de las cuales está hecha esta realidad inmisericorde.

Me pierdo en la distancia lejos de miradas huecas incapaces de ver la obviedad en las cosas importantes y que no se adquieren con la suciedad del bien material.

Me desintegro en minúsculas partículas de polvo para que viento y lluvia hagan su labor de darme un hogar en muchos sitios a la vez y así quizás, no extrañe el sendero que alguna vez pisé.

Jardín sonoro ediciones

Huellas.   -351-

Este eterno sendero, camino derruido tras un sinfín de pisadas vivas, de miradas y de voces sin destino ¿Cuándo encontraré ese rumbo que me lleve a ti? Si aún no me puedo orientar en este mundo de colores estridentes y máscaras de carnaval ¿Qué esperar de este circo de imágenes de contenido físico y de sombríos sentidos?

Y sólo me mantiene cuerdo el sabor de tus labios encarnados paseando por sobre los míos, esa piel fantasmal rozando mis superficies y guardar esta sensación de haberte tenido, los mil millones de besos que jamás te pude dar, pero que son mi principio y mi fin.

Las huellas del paso del tiempo no solo son arrugas de la piel, son mapas del alma que me dicen a donde ir dentro de este universo paso a paso al lado de tus pies, ahora y en el horizonte de tu tiempo.

Jardín sonoro ediciones

Inés.   -352-

Rostro endurecido por los años y el sol, muestra de una vida
fuerte tocada por la maternidad, a veces cansada, a veces
molesta, pausada pero generosa y tus canas cubiertas por ese
tinte rubio cenizo, tan a tu modo de ser, tranquila y con un
toque de amargura.

Tu mirada me sigue buscando el consuelo que la vida te ha
negado y esa voz como un canto lleno de ti, de tu forma de ser
que no se apaga y me invita a escucharte a solas, a hacerte
sentir que tus años valen cada segundo de lo vivido y recitarme
tus experiencias detallando cada insinuante caricia contenida
por tanto tiempo y miro tus canas como arroyos bañando tus
deseos tus carencias y tus penas.

Por fin has encontrado la paz Inés en un amor añejo, llegado a
ti en un sueño.

Jardín sonoro ediciones

Un nuevo inicio.   -353-

¡Buen día! una frase muy común, pero con tanto y tantos significados, sólo basta decirla para cambiar la vida de alguien y sin embargo seguimos siendo los mismos.

Un buen día son las ganas de vivir, de admirar el amanecer, a pesar del ruido incesante de esta ciudad, porque ahí te encuentro y saludo.

Un buen día es percibir el aroma de la tierra empezando a tibiarse, el tic tac de los relojes apurando caminos, los murmullos de los amantes iniciando su encuentro.

Un buen día es una madre y sus pequeños compartiendo la mesa, el policía en la esquina saludando a la vecina, el lechero en su reparto con su campanilla anunciando cada esquina.

Un buen día es renacer de nuevo cada noche y sentirte feliz por escuchar, ver y sentir la vida cada día, percibir el amor en la aurora y reafirmarlo en el ocaso, sentirte rendido pero pleno de haber amado cada nuevo inicio en tu vida.

Jardín sonoro ediciones

Letras viajeras II
Marco Antonio Ojeda Pérez

Invisible. -354-

Tras de ti como si fuera la sombra del final del universo llevas
cientos de cometas arrastrando, siguiendo el magnetismo que
invade tu ser tortuoso como si fuera la materia oscura que lo
invade todo desde los destellos cósmicos en tus ojos hasta los
opulentos sonidos de tu corazón palpitante.

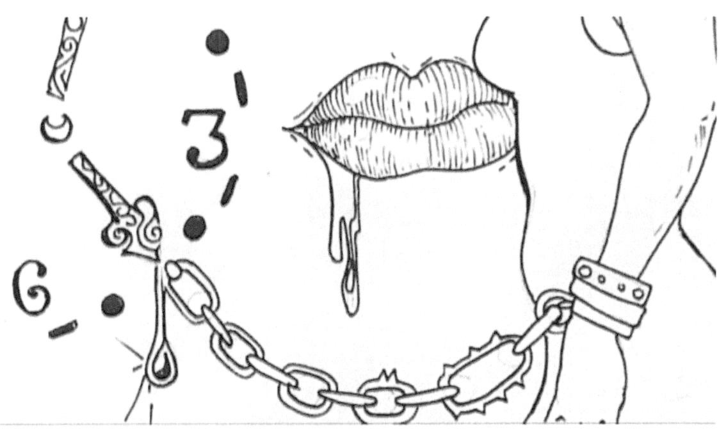

Jardín sonoro ediciones

Letras viajeras II
Marco Antonio Ojeda Pérez

Viaje estelar.   -355-

Que más desearía que viajar por entre las constelaciones
interminables y misteriosas de tu universo.

Convertirme por siempre en ese viajero sin rumbo conquistado
cada nuevo mundo tuyo como aquel que llega a tierras
desconocidas y se maravilla al ver lo frondosos de sus bosques
bañados por el rocío matinal mientras de entre las copas de los
árboles asoman orgullosas, imponentes cumbres por entre
amplios y ricos valles.

Jardín sonoro ediciones

La distancia y tú.   -356-

Créeme que no es que no te quiera, que no es que no piense
en ti, de hecho, no dejo de hacerlo, si el pensamiento
impregnado en tu aroma envuelto en tus sabanas de piel de
durazno y aroma a cereza de mi cabeza no se aleja.

Las barreras de tiempo y distancia se desvanecen al escuchar
cada palabra y sonrisa tuya que el viento me regala y sin
embargo no es suficiente para que sientas lo que yo por ti, pero
aun así te pienso.

Tu toda hermosa desbaratándome en pedazos, ojos, piel
corazón y entrañas dispersos por todas partes y yo
recogiéndome entre sal, lágrimas y suspiros, mas no me
importa que quede incompleto, porque mis ojos ya te vieron,
mis labios te besaron y mis manos te encontraron.

La distancia entre tú y yo es enorme, pero eso no me importa,
porque sigo siendo el mismo enamorado con el cuerpo mente y
corazón huecos ya que ya se quedaron contigo.

¡Si! los traes ahí colgando al cuello convertidos en el dije que te
regale siendo aquel tonto que no los quiso.

La distancia y tu es lo único que tengo puesto lo único que me
queda es un camino largo, el horizonte y el cielo la hermosa
luna que no me despreciara.

Jardín sonoro ediciones

Letras viajeras II
Marco Antonio Ojeda Pérez

La lluvia -522-

Es hora de salir el viento frío me dice que vienes y me doy prisa pues el cielo ha dejado de brillar.

Camino impertinente por aquella calle a la que todos llaman vida tan conocida y transitada, tan larga y corta a la vez.

Mi destino como cada día es el mismo, ahora el viento frío me dice que estás aquí y te recibo con la vista al cielo, entonces me besas primero tímidamente mientras la gente en la calle se cubre y no nos puede ver.

La brisa nos empuja, nos envuelve como no dejándonos ir y vienen a mí sensaciones por recuerdos el olor a tierra mojada, a hierba fresca formando nuestro lecho.

Como cada tarde de verano te espero buscando entre las nubes, detrás del arcoíris, en cualquier reflejo.

Y como todas las tardes de verano tus labios en los míos, tu cuerpo en mi cuerpo, recorriéndolo todo, humedeciéndome entero.

Como cada tarde hacemos el amor, siendo yo hombre y tu lluvia en mi cuerpo.

Jardín sonoro ediciones

Las horas.   -523-

El amanecer se acerca estéril y frío, como si no existiese un
porvenir, un mañana, un después y oculto en la penumbra me
escondo de todos, del búho, del ratoncillo que acecha, hasta
del viento.

Pero ¿qué hay allá en la oscuridad? Que me provoca miedo,
un canto desconocido en cada nuevo amanecer, un aroma,
una figura que queda en mi pensamiento.

¡no lo sé! me hace sufrir, me hace estremecer, me ahoga,
irrumpe en mi cual torrente de agua de mar en un viejo puerto,
me derriba, me envuelve, me seduce, me azota terrible,
implacable pero hermoso y sensual, lleno de placer.

Las horas pasan, se acerca el día en el que te vuelvo a ver te
extraño, te sufro y muero al verte y no poderte poseer, eres mi
tiempo que no pasa. Y me quedo esperando las horas por tus
labios tus manos tu vientre y tú mismo ser.

Jardín sonoro ediciones

Letras.   -524-

Intranquilas son mis noches cuando no estás en mis sueños, cuando pienso en ti y no te visualizo, solo hay vagos recuerdos.

El recordarte no me basta, no es suficiente y no me alcanza para sentirte en mí.

¿Qué es lo que me queda si no es tu sabor dulce? Y me orilla esta ausencia a arrojarme despavoridamente a las garras del deseo.

¡Sí! del deseo de convertir esta angustia de no verte en prosa y verso, en letra viva, en mi corazón sangrante donador de tinta y ritmo en esas rimas por ti.

En despedazar el papel arañándole la piel como si fuera la tuya, marcando mi destino y el tuyo en el calendario del alma, ensuciando su clara superficie y dejando entonces para ambos un tatuaje sublime de etéreas líneas e imperturbables notas acordes con nuestros excesos.

Cada línea oculta, cada párrafo escrito sabe el dolor y el gusto que ha sido poseerte en este cuerpo liso y blanco con tinta y alma que es tu cuerpo al dejarte leer mis letras.

Jardín sonoro ediciones

Letras viajeras II
Marco Antonio Ojeda Pérez

Jardín sonoro ediciones

Lugares.   -525-

¿Que no me ha dado la vida ya? si no es la dicha de saberte plena, de sentir tu vibrar a través de tiempo y distancia a olvidar edades y lugares, a perderme dentro de ti.

¿Que no me ha dado el tiempo? si ya lo he tenido, es saber que te espero y me esperas, el tenerte cada instante a mi lado, el encontrarte en cada cuarto de hora y seguir amándote.

Y con todo ese tiempo, en tu tiempo poder sumergirme en tu pasado para enriquecer mi conocimiento de tu cuerpo y mente, ser tu presente, llevarte a todo lugar, llegar a lo inexistente y hacerlo entonces realidad viva en tu cuerpo y mi cuerpo.

Visitemos entonces esos lugares de los que hablamos en sueños, la cabaña solitaria en un bosque de verdes eternos, la playa alejada, un lugar oculto en la ciudad, la sombra de aquel viejo árbol y el infinito de tus ojos.

Entonces llegará el momento en que seré tuyo como siempre lo he sido, te haré el amor entre lugares y tiempos, viviré en tu cuerpo y tus fluidos, respiraré de tu vida, beberé de tu alma, seré uno contigo así escucharé eternamente tu voz de ángel llenándolo todo de dicha y canto.

Visitaré todos los lugares en los que has viajado siendo el viento, la ciudad, la playa, el bosque, el cielo y el mar acariciándote hasta el final de los tiempos.

Jardín sonoro ediciones

Luna menguante.   -526-

Un milenio pasa y tú sigues ahí esperando, suspendida en
medio de la noche tú y tus millones de luciérnagas titilantes,
incandescentes entre cigarras.

Aullidos del lobo como una canción de amor salvaje
pidiéndote que no te vallas, que tu cortina no cierres y el
espejo en el lago desea ver ya.

Como te desnudas y dejas caer tus medias en la negrura del
firmamento y tu carita se asoma tímida, apenas blanca entre
persianas de nubes movidas por el viento.

Después de cada ciclo te escondes para entonces, volver
radiante, cubierta de plata y de polvo de hadas.

Jardín sonoro ediciones

Luna Eterna.   -527-

Ahí te encuentras como siempre hermosa, magnífica, colgada del cielo, pero lejana.

Me decían que eras fría e inamovible, pero es mentira, tu tez marmórea y deslumbrante me invita a volar hacia ti mágicamente, tomarte y desprenderte del negro manto de la noche, acariciar tus formas, hacerte mía.

Que injusto sería tenerte para mí solamente si estás en el firmamento mostrando tu magnificencia, tu cuerpo ¡te deseo! mi luna mágica, mi luna misteriosa y hechicera de este amor sin espacio ni tiempo.

Jardín sonoro ediciones

Me gustas.   -528-

¿Que por qué me gustas?

Si no eres de lo más común, por esa razón y muchas otras, por
ser hermosa como la luna en la distancia.

Por ser única e imperfecta, con las huellas del tiempo
orgullosas y enriquecedoras, por dejar ver en ti la experiencia
de esos años vivos, alegres y plenos.

Por ser amiga atenta y sincera, por compartir con el sol, el
viento tu mirar y tu aroma tu ser pleno.

Me gustas porque eres vida luz, esperanza y añoranza de
quien quiere querer y tenerte en su seno.

Jardín sonoro ediciones

Lejana.   -529-

Tan lejano como el principio del viento etéreo casi
imperceptible, pero tan presente como el aliento en tu frente.

Tan cálido y lleno de sensaciones, voy detrás de ti sin
alcanzarte, sin tropezarte pues es justo el momento de no
alejarme de aquí.

En la más intensa y profunda desesperación por no tener un
fragmento de tu alma, de tu cuerpo, más sin embargo me
conformo con el candor de tu mirada y el aroma.

Tu cuerpo convertido en brisa matinal, aunque escapase de
entre mis dedos mi sufrir solo dura un instante, pues ahora que
te alejas, que es para transformarte en luz y sonido por
siempre.

Jardín sonoro ediciones

Mi memoria.   -530-

Hoy cerré mis ojos no los quiero abrir de nuevo, no quiero
sentir otra vez la luz que todo lo abraza si tú no me incendias
en ella, no quiero ver el vacío de las cosas que me rodean
pues sin ti nada tiene sentido.

Hoy cerré los ojos no a la vida, más bien a lo ya vivido, a tus
formas en las sombras al calor, al viento que te toca y se va sin
explicación.

Me quedo en penumbras con mis ojos cerrados tu imagen en
ellos, tu sonrisa, tus labios, tu tez madura, tus canas, tu voz en
mi mente y la memoria de mis manos por lo no recorrido.

Jardín sonoro ediciones

Mi camino. -18-

Todas las mañanas como desde que tenía 19 he esperado verte, ni siquiera sabía cómo eras, ni que realmente existieras.

Te he esperado en aquella parada de autobús solitaria abandonada, fiel testigo de mis pesares y alegrías.

Un verano tras otro y luego, el otoño de una vida hasta entonces vacía en penumbras como si se ocultase del sol y la lluvia, de los rayos de luna, de la vida misma.

Aún espero y camino en silencio recordando las losas de la vereda, tus pasos que nunca vi, que nunca escuché y que mi mente había creado, lo mismo que tus ojos tan limpios.

Tu voz como un susurro, tus manos tan suaves y tu cuerpo lleno de vida, así pasaron los años y tu recuerdo jamás visto envejece en mi mente al igual que yo, tu mi pareja, mi amor, mi amiga, mi amante y confidente, tú y yo juntos aquí eternamente.

Jardín sonoro ediciones

Miradas.   -19-

Cómo quisiera poder verme en tu mirada de nuevo,
sumergirme a mil metros en tus adentros y respirar tu aliento.

Cómo quisiera elevarme y perderme en tu azul intenso, flotar y
desvanecerme como nube lloviendo y caer en un suave
descenso.

Cómo quisiera fluir cual corriente en tu lecho, traspasar y llegar
gota a gota a un punto sin regreso, sin tiempo.

Cómo quisiera caer cual semilla en tu vientre y arraigarme
como un retoño aferrado a la vida, atrapado en un deseo
inmenso de ser parte de la creación eterna y que seas mía.

Cómo quisiera perderme de nuevo en tus ojos profundos,
llenos de todo lo que significas, quemarme dentro de ellos,
arder sin fuego, consumirme en brasas ser parte tuya, para
luego volver a renacer en ti y para ti, a causa de una hermosa
mirada.

Jardín sonoro ediciones

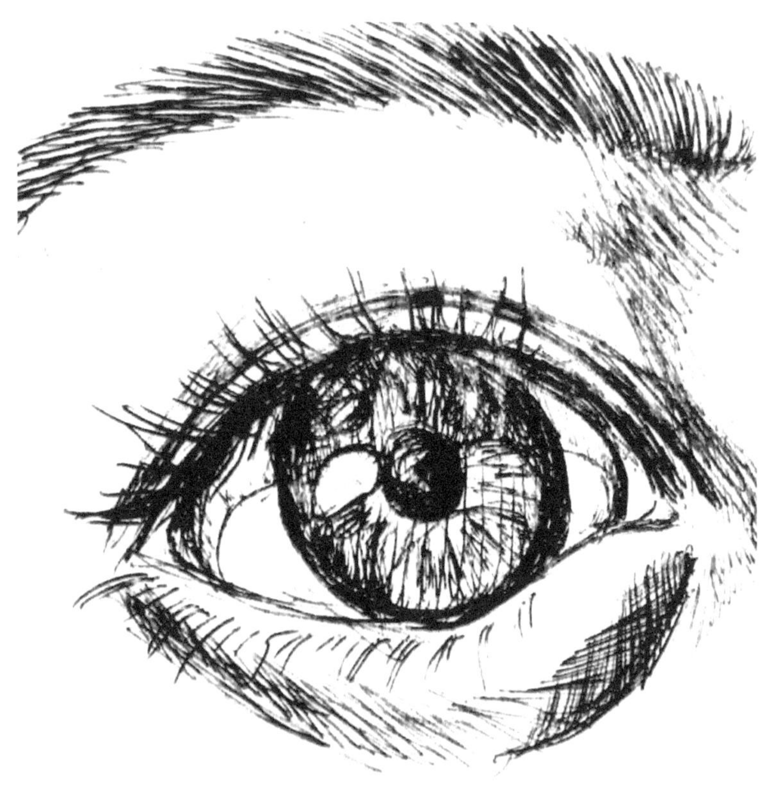

Jardín sonoro ediciones

Tormentas.   -20-

Despierto cada mañana con esta bendecida sensación de tu presencia, de un lugar junto a mí que no está vacío.

Que hermosa y grata se vuelve la vida de pronto, que justa y divina manera de continuar cada día, cada tarde y cada noche entre susurros y toda carencia de frio.

Me revuelvo en mi lecho dormido, soñando y sintiendo este mar de deseos que es tu piel y tu cuerpo, sumergiéndome entre olas de besos salvajes cual tornados que me levantan y me hacen girar.

Pero que me espera después de tu cuerpo si no es la esperanza de volverte a tener amorosa y voraz dispuesta a embestirme con tus tormentas y hacerme encallar en los arrecifes que son tus senos implacables y firmes.

¿Qué hacer si no continuar este loco sueño? Dejarme llevar a lo inmenso del universo, donde cada partícula forma tu cuerpo a partir de un fuerte deseo de aproximarme a ti, mientras me pierdo flotando entre el cosmos vida que es tu vientre estallando en miles de formas hermosamente diseñadas.

Y todo crece día a día de la nada a partir de un bello deseo en el que se fusionan polvo de estrellas cometas, centellas y el universo en un gigantesco orgasmo cubierto de misterio en este infinito firmamento.

Jardín sonoro ediciones

Letras viajeras II
Marco Antonio Ojeda Pérez

Jardín sonoro ediciones

Misteriosa.   -21-

Cada noche surge en mi esa inquietud, esa duda y no pienso ir
más allá ya que sé que vendrás a mí como yo a tu lecho en
cada sueño y lo vivo, lo siento tan real como el firmamento de
tus ojos y mis dedos enredados en tu cabello jugueteando por
tu cuello.

Y aun así no te he visto, no te he tocado y los celos me
invaden, me corroen, me degastan pues no quisiera que nada
te invada ni te perturbe, solo mi aliento.

Y llegas sin hacer ruido, sin avisar y me tomas haciéndome
crecer en cuerpo y alma dentro de tu cuerpo, no hay palabras,
ni ruido solo nuestros deseos desbordándose sin límites sin
complejos.

Y te vas como llegaste, desnuda, imponente sin ningún velo.

Jardín sonoro ediciones

Momento.   -22-

¿Puede haber miles de cosas por decir o hacer, viajar al espacio?

¡No, si no estás tú!

¿Ganar una batalla?

 ¡No si no es por ti!

Todo se puede obtener o ganar, pero tu amor es lo único que realmente merece ser peleado hasta las últimas consecuencias y entonces.

¡Sí viajaría al espacio por ti!

¡Si ganaría una batalla!

¡Si sería el merecedor de tu mirar y el ganador de tus besos!

Jardín sonoro ediciones

Letras viajeras II
Marco Antonio Ojeda Pérez

Jardín sonoro ediciones

Mujer.   -23-

Quien te mire.

Sabrá que ha llegado la hora, el momento justo de percibir el aroma de la vida musitando unos suspiros en el viento, dejará de sentir miedo, frío e ira para contemplar tus delicadeces mecerse al caminar por el andén de la eternidad.

Quien te vea.

Se conformará con saber que has dejado el alma y la vida dando vida, dejando que esta crezca, que se desarrolle y que a veces en sus manos se extinga.

Quien te toque.

Entenderá porque el sólo roce de tu piel puede hacer que un niño ría y se estremezca entre besos de colores y abrazos de algodón.

Quien te recuerde.

Será aquel que ha visto, sentido, abrazado y amado al ser más primordial y bello del universo.

¡tú! Mujer.

Jardín sonoro ediciones

Letras viajeras II
Marco Antonio Ojeda Pérez

Jardín sonoro ediciones

Deja de pensar.   -24-

Mira cómo se mueven las hojas de los árboles y no pienses en el porqué, solo siente la brisa que lo hace posible.

Mira al horizonte al sol como asciende lento pero gentilmente, así este deseo por ti encantadora mujer y siente su calor como si fueran mis caricias.

No preguntes porque o como, solo que te quiero, que te acaricio en todo momento.

Me derrito en ti y tus adentros como río rebelde y sin freno, te hago y me haces evaporarme y caer de nuevo en forma de lluvia en los prados.

Jardín sonoro ediciones

Niña orgullosa.   -25-

Asomada al cielo en un pedestal delgado pero firme luces tu carita espléndida, radiante sin voltear al suelo.

Y la hortensia junto al geranio hablan de ella, pero el firmamento la distrae pues no hay mancha ni nube que opaque el azul intenso ni su propio color seductor.

Erguida entre el follaje y con solo la intención de ser única, magnífica doncella de vestido aterciopelado altiva, pero de sencillez inaudita, sin mirar abajo, sin escuchar susurros de envidia.

Por fin mostrando su belleza al mundo, el abejorro haciéndole caravanas, el viento con su frescura esparciendo su perfume y el sol saludándole a esta bella niña orgullosa, niña gentil, niña maravillosa.

Partida   -26-

Se han terminado todos los lazos y los pretextos que evitaban
que me esfumara de ti.

Así como cada uno de los días rotos se van desvaneciendo
hasta el punto mismo de ser un gran cero.

Un inmenso hueco en las paredes del destino a través del cual
escapan los recuerdos y momentos que nunca fueron para ti ni
para ninguna otra.

Es entonces que me alejo dejando detrás de mí la sensualidad
de las curvas en tu cuerpo, esa abundancia de tu cadera y la
forma increíble que tienen tus senos al arquear la espalda.

Todo eso se queda ahí suspendido en lo incomprensible y lo
que nunca será de la misma manera para otro ser,
emprendiendo el camino sin mirar atrás sin escuchar el eco del
corazón muriendo desde el instante mismo en el que fue
tocado por el apetito de tu alma.

Jardín sonoro ediciones

---- Partida

Ahora ya libre del sombrío pesar de tu aura sólo me quedo inmóvil esperando a ser esparcido por el viento a lugares tan lejanos.

Nadie jamás la encontrará en toda una existencia y que la eternidad tardará mucho más en reunir.

He partido ya para hacer un nuevo camino, he dejado ya modelado el destino, y ni el eco de un corazón moribundo me hará perderme de nuevo en la vía láctea de tus cabellos, pues de seguro terminaré huyendo otra vez rompiendo lazos y mordiendo tus caderas para morir en el éxtasis infinito.

Jardín sonoro ediciones

Letras viajeras II
Marco Antonio Ojeda Pérez

Por un beso.   -27-

¿Cuantas cosas no han pasado por algo que puede ser tan pequeño como es?

El desatar una y mil batallas el motivo de toda envidia, el silencio de toda pasión y el pertenecer a tu vientre generoso y cálido dulce anfitriona de este huésped.

El provocar eso que quiero, el convertirse en miedo, en dicha, en un total desenfreno, el sentir el roce de la seda y el perfume de la mañana hasta convertirse en brisa delicada.

Y saber que eso tan pequeño puede ser el genio que me conceda mil deseos, lo opuesto a los cuentos en que todo está escrito en que todo está resuelto, que sean deseos de piel y carne de sensaciones vivas llenas de todos los colores de la naturaleza.

Yo daría mi vida por un beso tuyo, que haga pedir mil deseos, de ser flamas que te incendien y fundan nuestros cuerpos, agua para fluir libremente por tu piel y tu alma.

 Purificarme a cada centímetro de ti, viento para ir a donde estés tú y acariciar tu cuerpo cuando llegue el ocaso y tierra para acompañarte en tu morada final; y solo así estaré besándote eternamente.

Todo es tan monótono, tan gris casi todo el tiempo, pero ¿sabes? El sólo recuerdo de tu hermoso mirar me deja ser feliz, me hace vivir.

Las noches pudieran ser solitarias y frías, pero ¿sabes? No es así pues estás aquí.

 Hoy no hay más que decir ¡solo gracias!! Estoy vivo junto a ti.

Jardín sonoro ediciones

Renacer.   -29-

¿Sabes? Hoy todo quedo atrás, doy los buenos días a esta vida la que me tocó vivir, la que es muy mía.

Agradezco cada momento bueno o malo por igual, porque juntos han hecho de mí lo que soy.

Ya no me apena decir que soy un hombre tierno y amoroso, que me gustan las películas románticas, o que odio el futbol.

 Que me gusta ver como las flores abren sus pétalos con la primera luz de la mañana, porque ese soy yo, siempre lo he sido.

¿Sabes? Hoy me desperté pensándote y no imaginando si serías mía, más bien siendo parte de ti, siendo uno.

Hoy renací en este mundo vine a la vida a través de ti, como si mi gestación se desarrollara en tu vientre, en tu seno.

Hoy me amamanto de tu pecho generoso creador de universos, haciendo de mí el más gentil y amoroso, pero también más humilde hombre que ama el momento en que tocaste mi ser con tu aliento divino, lo bendijiste con tus hermosas manos y me miraste sin verme dándome esta nueva vida. ¡Esto es renacer de ti!

Jardín sonoro ediciones

Rojo.   -101-

¿Qué sería de mi amanecer si no hubieses llegado tú?

Es mi pregunta a medio día en que todo se ilumina por la luz del sol creador vigía y benefactor de todo cuanto existe.

Pero hay algo que él ni con todo su esplendor es capaz de dar.

Tu sabes que es y me lo regalas cada día, la sensación de tus labios bajo la lluvia, el calor de tu mirar aún de noche, la vida de tu aliento en el viento, el perfume de tu piel en cada flor de mi jardín, cuando camino.

Cuando me rio todo el tiempo estas ahí, el susurro de tu cálida y tierna voz, ese acento tuyo que me enloquece diciendo mi nombre.

Pidiéndome el amor que te pertenece y al mirar ese árbol de tono rojo, el ave, el lago, lo verde de su entorno, me dejo querer y que me guardes dentro de ti por siempre hasta que la muerte nos separe.

Jardín sonoro ediciones

Rosas.   -102-

Que ni el tiempo ni el hombre queden, que la luz y el agua
atestigüen, que la vida y sus hijos vean que has nacido, bella
fresca y suave para la vista y tacto, que eres perfume y pétalos
tersos y húmedos.

Dulce néctar de ti emana y me dejas beber de él y absorber su
sabiduría su esencia, para entonces transformarla en
sentimientos y deseos.

Pero sobre todo en amor y te veo ahora, te has transformado
en esa bella flor la que todos quieren, la que más gusta, la de
más enriquecedor perfume, la que se esconde detrás de
murallas de espinas y que solo da paso al verdadero amor rosa
de mil fragancias y pétalos de color.

Jardín sonoro ediciones

Sentir.   -103-

¿Qué quieres que te diga? Si lo he hecho ya, si en cada minuto
y segundo a tu lado todo es hermoso todo tiempo desaparece
y la noche es igual al día.

¿Qué quieres que te diga? Si el sabor de tus labios y tu piel ya
los he probado, si he sentido tu latir dentro del mío y se ha
vuelto el mismo sentir, si te he deseado como tú a mi si te
quiero como tú a mí. Me he desnudado como tú también.

¿Qué quieres que te diga? Se he de quererte siempre, de
amarte siempre, de adorarte no importa cual extraña sea la
forma de hacerlo, pero es real y verdadero.

Para ti mujer de ensueño.

Jardín sonoro ediciones

Sendero.   -104-

Miro un rato el viejo camino contando sus losas de una en una
y recuerdo tus pasos tan firmes y armoniosos cuál si fueran las
notas escritas para una partitura, la hierba muy verde, tierna y
húmeda apenas rozándote como anhelando tu encuentro.

Y la lluvia cayendo sobre este camino que solo tiene un
sentido, un propósito, llevarme a tu encuentro, acercarme a tu
horizonte tan lejano pero necesario.

Te extraño demasiado el culpable es el sendero en mi vieja
puerta que da al jardín de tu cuerpo con sus losas, sus hierbas,
el viento, las aves, el sol y tu recuerdo.

Pensándote paso la tarde recorriendo el sendero, escuchando
los grillos, las hojas el gato y la lluvia diciéndosete quiero.

Jardín sonoro ediciones

¿Que sería?   -105-

Si el sol no me tibiara por las mañanas.

Si el viento no me arrastrara en cada pasada.

Si tu mirada no me llegara.

Si tu aroma no me deleitara.

Si la mariposa no tuviera color.

Si este cuerpo estuviera desnudo de piel.

Si tú no me miraras.

Sería polvo esperando al viento, la lluvia y al sol para llevarme a tu corazón.

Jardín sonoro ediciones

Surgimiento. -106-

Un evento inesperado, un estallido de luz y color invade estas ramas secas crujientes, moribundas próximas a ser polvo eterno.

Pero ¿es así en realidad? El viento y la lluvia desnudan estas raíces, las hacen verse indefensas y aun así son fuertes todavía, muy fuertes casi tanto como para contener el embate apasionado de un último torrente desbordado, inclemente, voraz, tan incongruente con la naturaleza misma de su propósito.

Este tronco lleno de cicatrices a lo largo de su corteza por el tiempo ahora su torso desnudo con aquel grabado de "juntos por siempre" y es que en verdad se cumplirá el cometido de esos rasguños marcados en su áspera piel, rozando y entiendo el embrujo de esta brisa, de este sentimiento entre mis ramas desnudas y el viento que es tu piel.

Y volviendo de nuevo a ti, a tus diversas formas, excitantes turgentes, desnudas trayendo a mis raíces, tronco y ramas este líquido, convertido en vida, humedeciendo mis más puros deseos, trayendo al presente, el nuestro, pasión por renacer convertido en deseo.

Jardín sonoro ediciones

Te espero.   -107-

Como todas las noches quedo en silencio pasivo, expectante.

Hora tras hora recorro cada resquicio de mi habitación, cada mancha en la pared y no te encontraré.

Entre sombras y luces disimulada, oculta burlando la escudriñadora sensación de no verme alejándote, desvaneciéndote.

Y yo extrañándote aun cuando estés aquí perdiéndote y teniéndote.

Te busco entre sombras y destellos, pero te alejo al tratar de iluminar tu paso con mi deseo tenerte, de amarte sin poseerte, de ser parte de ti, pero sin tocarte.

Desconcertante es mi proceder ¿pero qué hombre no lo es si tu belleza incomprensible turba mi ser? Me deja inválido, desconectado, en coma tan solo con tu mirar.

Y yo te espero en este sueño eterno, pues en cualquier momento de esta vida me congelo y frente a ti no sé qué hacer solo esperar que si no es en esta vida sea en otra, ser tu sombra, tu aliento, tu luz y tu piel.

Jardín sonoro ediciones

Tenerte. -108-

El tenerte en mi vida, tatuada en el alma y en el corazón me
llena de alegría pues, aunque lejos llevo conmigo tu cariño
para cobijarme.

Tus ojos para iluminar mi sendero, tus brazos para
mantenerme firme, tus senos para darme vida y tu vientre para
refugiarme.

Un racimo de besos que me alimentan y tu voz llenando mi
silencio en la cama.

Te veo en cada paisaje, te siento en la brisa y te quiero a mi
lado para toda la vida.

Jardín sonoro ediciones

Corazón y textiles.   -109-

Hilando con los cabellos del espíritu, tejiendo entre tus dedos y con la mirada cansada pero llena de esperanza, tiñes de centellas coloridas el alma de mis raíces, los destinos del hombre, uno a uno con madejas de vida y sueños buscando ser una con el universo en esta cosmogonía infinita que nos arraiga, entre lo nuevo y lo ancestral, entre tu cuerpo, tu seno y sobre esa piel morena por el sol y mi tierra que te ama.

Entre cruzados hilos van tejiendo estas almas, zurciendo cada corazón naciente con estas manos cansadas y sus rostros complacientes, con sus sentimientos como madejas que crean a su encuentro las cosas más placenteras.

En este juego de urdimbres, agujas y telares creando el color con la cochinilla y mezclando aroma de flores y almidón para seducir y conquistar, engarzando nudos, hilos y tramas una y otra vez hasta hacerlo complejo, como el mismo amor que cobija tu cuerpo, mujer de quien todo viene y que fabricas con solo una madeja de hilos del alma dicha y esperanza.

Si es que has visto unos diseños viejos, ancestrales no supongas que son míos, pues no soy capaz de igualarte, los rombos y las grecas dibujadas por el alma tuya a ninguno se asemejan pues son trazos hechos con infinito amor tejido con tus cabellos en intrincados. Únicos modelos bordados con finos hilos plagados de recuerdos seguramente irrepetibles, probablemente complejos.

Si es que los has visto pregunta ¿Por qué no puedo hacer yo eso?

Y la respuesta es fácil, las manos de la artesana por el corazón y su alma son guiadas aun con los ojos cerrados y llegaran al mundo enredados en sus adentros prodigios textiles y miles de universos en alegorías de colores.

Jardín sonoro ediciones

Tierna.   -110-

Por una noche tal vez un suspiro y todo se torna vivo,
fulgurante luz de mis deseos.

Por una noche un instante me vuelvo loco y sediento de tus
besos.

Y me duermo nuevamente y te sueño, te sueño, te sueño toda
la noche cada momento.

Me envuelvo en tus cabellos y hago rizos con ellos, me pierdo
entre tus prendas como un niño en sus juegos, te sueño, te
sueño te toco y te beso.

Llegar más allá de lo que jamás he ido, recorriendo tus labios
delicia de cereza y vainilla, comer de ese postre divino de tus
mejillas.

Descansar entre el espacio que hay en tus senos, contemplar
tu barbilla, pensándote toda diciéndote mía.

Ha llegado la mañana como cada día, he dormido en tu lecho
sintiendo tu alma, tu piel, tus besos y caricias, he escuchado tu
voz, tus latidos, percibido tu aroma, tu cuerpo dulce, pero sobre
todo sentido, a ti niña mía.

Jardín sonoro ediciones

Tres segundos.   -111-

En un inicio no existía nada el vacío y el negro intenso,
profundo y frío, un absoluto sin sentido.

Los segundos transcurrían plácidos, incongruentes sin un
tiempo contado, sin un tiempo perdido,

Todo en negro amplio inmenso, lleno y vacío.

El segundo minuto igual oscuro y frio, de pronto un momento,
un pulso, el espíritu creador ha decidido darle luz, tiempo, calor
y sentido.

¡has nacido tú! hermosa, divina, hecha de toda materia, de
toda esencia, de lo jamás concebido.

Ahí estás tú el principio y el fin.

La noche y el día en un ser unidos.

El tercer segundo, sólo faltaba una cosa en este breve tiempo,
un ser como yo amante de lo blanco y lo negro, de la lluvia y el
viento, de las cosas sencillas, de la tierra y el cielo.

De los tiempos vacíos y llenos, de los campos, también de los
cielos, de tus ojos, tus labios, tu pelo y tu cuerpo, del viento
que lleva tu aroma, tu nombre, tu voz a un sitio eterno.

Jardín sonoro ediciones

Letras viajeras II
Marco Antonio Ojeda Pérez
El muro. -112-

Esperando en este sitio fijo me encuentro deseando tu presencia, aquel perfume impregnándose varios días a la semana y varias semanas al mes a lo largo de estos años y ni una mirada de aprobación he recibido; sin embargo, no me dejas sin verte un solo día.

El andar pausado sin prisas como perdonando al tiempo, aquel que transcurre líquido entre tus formas curvilíneas de mujer que no se detiene a ser sensual porqué de hecho ya lo eres, con esa piel tan blanca y tus labios encendidos sin mucho que decir, sin nada que decirme.

Reconozco perfectamente cada detalle de ti al pasar día a día, los lunares en tu rostro y en el dorso de tus manos tan suaves líneas.

 El reloj de jueves y viernes, el marco de tus lentes, el mismo estilo, el color de tu cabello, el collar distinto cada día y como es que al paso de las primaveras van apareciendo hilos de plata tímidamente.

Yo todo el tiempo bajo sol, lluvia y viento anhelando tu retorno mientras parejas de novios posan sus manos y cuerpos en mi compartiendo sus emociones y deseos.

Uno que otro grafiti clama ser leído por la novia o el desdén de ella el amor o lo contrario, o solo el límite de la pandilla del barrio, pero yo por mi cuenta me concreto a ser testigo de todo y nada.

Y la lluvia te baña por las tardes salpicando tus pantorrillas, apresurada pasas y una mirada al fin sobre mí, pues un chiquillo ha escrito en este rostro invisible tu nombre encerrado en un corazón como si supiera lo que yo quiero y esa sonrisa de tus labios es lo mejor que pudiera ver en mi tiempo. Sobre la avenida que transitas desde que a la secundaria ibas o cuando salgas a dar la vuelta en vacaciones y ¿sabes? me sigues gustando como antes, como ahora, como siempre.

Jardín sonoro ediciones

Jardín.   -113-

Cada mañana me lleno de vida para emprender esta jornada, esta lucha sin fin y tú a mi lado, por doquier.

Tras los primeros rayos de sol y el rocío matinal se encuentra todo renovado, tus ojos en medio de los girasoles me observan pacientes.

Tus manos rozándome al vuelo entre tus botones rosáceos y tiernos y tu cabello suave viento, gentil y perfumado.

Las aves te cantan para complacerte y venerarte, madre del jazmín con su perfume, de los alcatraces y las margaritas, del color de la vida el cenzontle te mira y el ruiseñor te habla cosas lindas mientras mis celos callan.

El perfume íntimo de tus pétalos me llama ofreciéndome lo que ni el cenzontle ni el ruiseñor, ni el sol o el viento pueden obtener de ti y yo revoloteo entre esos tallos, tus botones y tus pétalos de flor.

Llegar al más preciado fruto, tu néctar y me pierdo en él esparciendo el polen que es sólo para esta florescencia de tu alma tu cuerpo y tu ser.

Jardín sonoro ediciones

Tu. -114-

El recuerdo de una voz, su timbre dulce y tierno.

La mirada de tus ojos bellos, un perfume, las cosas que me dices, eso eres tú, mujer, madre, amiga y compañía.

Alguien digno de todo el amor del universo. Eso eres tú

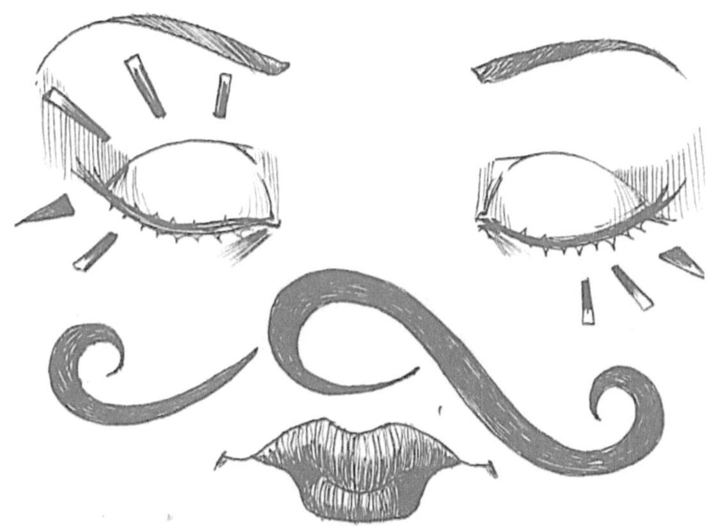

Jardín sonoro ediciones

Abrazos.   -115-

Me acurruco cansado y con sueño, pero con la firme idea de
que estás aquí consolando esta soledad y este frio,

Dejo que mis temores se desvanezcan y que fluya tu ser a mi
alrededor plasma y materia son tus manos sobre este cuerpo
moldeando, creando vida y muerte.

Siento el calor de todo ese ambiente de estelas de voz y
cantos salidos de tu corazón formando un concierto vivaz e
irrepetible de nuestras almas sincronizadas.

 Latido a latido entre tiempos pasados y presentes
entrelazando nuestros brazos en un mismo cuerpo.

Jardín sonoro ediciones

Instante.   -116-

Un segundo bastó para cambiar mi vida, ese instante
convertido en la eternidad de tus ojos iluminándome.

Tu voz guiando mi camino, un instante convertido en tu cuerpo
divino con la experiencia de los años y de dar vida.

No existe un ahora, un presente, un mañana pues tu cuerpo no
tiene tiempos solo el recuerdo de mis manos a la par de las
tuyas recorriendo y palpando los segundos eternos.

Interminables momentos de la eternidad que son tu piel, tus
labios y tus cabellos movidos por el viento. Un segundo
convertido en el sonido eterno de tu nombre en mi voz.

Jardín sonoro ediciones

De noche.   -117-

De entre todo el mundo y sus cosas, su gente y su ajetreo, la mirada constante al reloj en mis manos, lo único que vale la pena es tu mirar y el perfume de tu piel incendiando mis sentidos.

Lo único que vale la pena es un breve instante, unas horas de desconexión de la vida mundana, porque no hay nada más que tú, nada más que la hora única en que te amaré porque lo que necesito es la noche.

Jardín sonoro ediciones

La tarde.   -118-

Un día como cualquier otro tal vez así hubiera sido, nada
particular, o una mañana simple de colores, de ríos

Interminable gente o tal vez esto era lo único que siempre
había visto con los ojos de mi cuerpo cegados por la costumbre
y la monotonía de estos edificios grises de acero y de cristal.

Todo era un día común hasta que apareciste llenando
cualquier espacio de vida, de armonía, de tu esencia, y los ríos
de gente fueron murmullo, y los motores de los autos un suave
canto.

Los muros grises un lienzo enmarcando la belleza de tu mirar,
de tu rostro cual obra de arte recién descubierta en un viejo
rincón y los cantos de las aves surgieron diciendo tu nombre.

 La brisa apareció para recordarme tu cabello y tus labios
grabados en mis ojos.

Jardín sonoro ediciones

Universos.   -119-

Se creó el vacío, pero ya estabas ahí entre materia oscura y polvo cósmico, tenue pero consistente.

Y vinieron las estrellas junto con tus ojos así de deslumbrantes, y luego el misterio del firmamento plagado de luceros que son tu sonrisa haciendo de ti mi infinito universo.

Oculto.   -120-

¿Qué porque me escondo?

Si supieras morirías de risa, al ver la timidez de un alma buena.

Encomendado a olvidar el pasado, tu pasado sin ningún otro motivo que querer morir a tu lado

¿Que por qué me escondo?

Su supieras de seguro correrías de mi aterrada por encontrar lo que en mi habita.

Dedicado a seguir el perfume natural de tu cuerpo como tratara de juntarlo todo en una botellita.

¿Que por qué me escondo?

Lo sabes bien, pues de mi te has mofado, te paseas y me miras inquisidoramente esperando una palabra para entonces restregarla entre tus senos perfectos y escupirla luego.

¿Que por qué me escondo?

Será porque mi mirada es fuego consumiendo tu cuerpo, mis manos peligro para tu aliento, mis latidos el ritmo que hará bailar tus pies perfectos y mi piel la lujuria y el pecado para poseerte en este el infierno.

Jardín sonoro ediciones

Salvaje.   -121-

Fortuito encuentro de la naturaleza de tu ser y de la perversión
de mis instintos que no ceden ni se apagan en la
clandestinidad de la urbe nocturna.

Luces led y olor a pecado esparcidos por el viento que no
hacen menos tímido el acto de tomar tu mano.

Mientras el estruendo de la noche digital se llena de mensajes
y contenido multimedia nosotros. Tú la loba y yo felino
coincidimos en nuestro mundo análogo y antiguo.

Afuera en la noche la fiesta y la bulla escandalizan, aquí en el
ahora piel, carne y hueso por completo se devoran.

 Entre gruñidos lenguas y dientes se nos escapa el alma
saboreando lo que la vida entre pantallas deshecha dejando
solo harapos y garras.

La noche nos abarca y nos envuelve por completo habitación
214 el número no importa si al final quedó algo intacto, no
importa el corazón ni los sentimientos si los sentidos no se han
lamido los huesos.

Piel, carne, fluidos, huesos fantásticos los cuerpos devorando
loba a jaguar y viceversa hasta agotar parte del deseo para
continuar al día siguiente en el humano mundo digital de estos
tiempos.

No acaba aquí esta historia pues el hambre carnal siempre
busca satisfacerse en todo momento de almas.

Jardín sonoro ediciones

Verdad.   -122-

Te has preguntado ¿qué hay al otro lado del horizonte? pues yo sí, miles de veces, no sé ya cuántas y siempre obtengo respuestas diferentes a veces, solo obtengo silencios, otras, recuerdos.

Te has preguntado ¿qué hay más allá del tiempo? Yo sí, solo encuentro una respuesta: que no hay tiempo sin tus besos, cielo sin tus ojos, ni viento sin tu pelo y que el océano se seca sin tu cuerpo.

Ahora se la verdad de todo esto, que sin importar que hay más allá del horizonte tu estas en todas partes, tu pelo en el viento, tus ojos, la luz, tu voz en el canto del ave.

Tu aroma en el jazmín, tu cuerpo en la tierra y tu alma tan grande como el océano y ahí es donde quiero estar por todos los tiempos.

Jardín sonoro ediciones

Tu voz.   -123-

El canto del cenzontle anuncia el amanecer convertido en el esplendor de una vida, convertida en viento eterno.

Y mis manos recorren tu cabello convertido en cascadas y torrentes de fuego.

Pero no me quemo ni me abraso me siento fresco, vivo y alegre nuevo.

Y la luz llegó con el alba acompañando tu cuerpo, llenando de alegría de color mis sentidos, haciendo que valga la pena este desvelo.

Y la vida llego a mí en forma de luz, color, magia y música convirtiéndose en una hermosa mujer, la más perfecta forma de amor por ti, tu alma y tu cuerpo

Jardín sonoro ediciones

Voces.   -124-

¡silencio y nada más!

Es lo que queda eso es todo y sin embargo contiene en él
tantas cosas, lo malo, lo bueno, lo exquisito y lo sublime.

Y dentro de esa habitación oscura que es el no decir nada, aún
ahí encuentro lo necesario para expresar mis ánimos y
ocurrencias.

¿escuchas eso? es la voz de la nada diciendo te quiero, esas
voces alocadas llenas de alegría gritando por dentro, jugando
en ese espacio recóndito que es tu cuerpo.

¡shhhh! No articules palabras deja que el silencio lo haga a
través de tu cuerpo.

Ahora escucha de nuevo, –pum-pum–ese es silencio de mis
labios salido de dentro, escucha las voces haciendo palabras y
frases jamás escuchadas, pero llenas de vida las cuales hablan
de ti y de mí, de nuestros sentidos, de nuestros cuerpos.

Las voces nos hablan, diciendo: tu mano en la mía, juntos
nuestros cuerpos.

Jardín sonoro ediciones

Mi cariño.   -125-

Cariño mío, cariño de azúcar y miel

cariño que sabe tan bien, como la fruta más dulce

cariño, cariño mío de azúcar y miel.

Estreméceme, tómame que todo lo que quiero está en ti

en tu mirada, tus canas y tu piel.

Y no me importa si en el espejo no refleja

lo mismo que los demás ven porque el sentimiento es puro

es lo único que la vida deja tener.

Cariño lindo cariño de azúcar y miel.

Que tu boca en la mía nunca estará mejor

que cuando se tocan y juegan a beberse

a acariciar tu cara, tu cuerpo y tu ser.

Que el camino tuyo de gloria y cenizas mi mujer

esos años, esta vida, tus manos pequeñitas

recorriendo de mi frente y hasta la cien.

Cariño mío, cariñito de cabellos plateados

haciéndome el amor con la poesía que son tus años

y arrullándome con la ternura de tu voz

llenando mi vida con tus latidos.

Estreméceme, tómame ya que todo lo que deseo

está en tus ojos, tus canas y tu piel, señora mía

cariñito de los cabellos de plata, los labios radiantes

y tu aroma de mujer.

Cariñito lindo y sincero cariñito de azúcar y miel.

Jardín sonoro ediciones

Sed.   -126-

Insaciables son las ganas de estar en tu piel y tus huesos, la sensualidad de tu cabello ensortijado y rojo como el fuego que me abrasa con solo trenzar mis dedos en él.

Inconquistables son tus ojos que se pierden la inclemencia del tiempo perdido por el tic tac de tu corazón pesaroso y cansado y sin apenas espacio más que para seguir viviendo.

Darme por vencido no es mi intención pues, aunque solo parezca una satisfacción carnal es la forma idónea de permanecer vigente en un segundo en la experiencia sensorial de tu cuerpo infinito.

Jardín sonoro ediciones

Simulación.   -127-

Cuatro paredes un hogar parece, símbolo tan sólo de lo
aparente sólo de lo que quiere y habla la gente.

 Y le esperas aun cuando el ahora no llegue, tras las horas
caídas las horas fallidas que suceden.

En una tras otra como un dominó fichas blancas y negras entre
sombras y cortinas mientras que no llega y lo esperas.

Entre cuatro esquinas lloras esperando que todo se confunda,
que no sea solamente una pasada del destino, que ave te llore
y el viento al oído.

Tu añorando y tu vida consumida dentro de estos muros que
las apariencias guardan mientras otra viaja a donde tú nunca
has ido.

Lo cual no que hace falta pues es mejor este lugar esperando
que llegue el momento indicado.

Cuando la sonrisa que se cruza contigo es sincera, es blanca
tan blanca y transparente que rompe las ventanas, las cuatro
esquinas y los muros.

Deja pasar la luz y transcurrir la vida que escapaba de la
prisión-hogar entonces sé que eres feliz en esta casa.

Así que no lloras y que simulas ser suya, pero sabes que estás
conmigo bebiendo luz y respirando vida, aunque no estemos
juntos toda la eternidad.

Jardín sonoro ediciones

Alegorías de un amor prohibido.   -128-

Cuán roto está el amor dejado detrás mío y que tan cerca de tus ojos amorosos llego, más no puedo acercarme pues en jirones pende mi corazón ávido de un cuerpo voluptuoso como el tuyo.

Pero me arrojo al vacío cayendo a mil kilómetros por hora esperando llegar algún día a tocar fondo y quizás tus brazos sean la salvación de mi alma pecadora, la mortaja o el mismo infierno seductor.

Y mi alma se desgarra llena de tus instintos y mi deseo carnal desatado, mórbido y exaltado, que el demonio me ha tocado transformado en tus ojos, en tus labios y tu piel escondido en tu cabello.

Deleitándome con tu miel probando el embuste de tus labios rojos y sabiendo que han sido probados antes, que no son y serán míos, más que sólo por fugaces momentos.

Guárdame en el oscuro cajón de tus sensaciones insanas para de cuando en cuando tomes tus manos para satisfacer tu lujuria pensando en olvidar.

 Que no es ilícito esto que nos invade y corrompe haciendo de este abismo el lecho perfecto para pecar.

Jardín sonoro ediciones

Beso al amanecer.   -129-

Suspiro que corta el aire mas no lo roba, sólo lo detiene un instante breve pero memorable.

Brisa fresca de la mañana que envuelve los sueños cortados pero que no se abandonan, solo quedan pausados.

El velo oscuro se va recogiendo cual vela mayor en navío matutino que llega a puerto seguro.

En el horizonte de tu cama la silueta y perfección de tu cuerpo entre sabanas satinadas me espera.

Recibiendo un beso infinito cúmulo de la maravilla que suman la noche que ha partido, la luna se guarda en el iris de tus ojos y el sol que empieza haciendo el amor a tu nombre mujer bonita.

Jardín sonoro ediciones

En tres ciclos.   -130-

Te pido que te vayas sin querer que te alejes, que no me
permitas seguir tu camino y conocer tu destino.

Te digo que no es justo que pierdas en las arenas de la
eternidad las lágrimas que en tus mejillas resbalarán.

Porque son memoria que jamás será de nuevo reproducida si
de pronto te llegara a encontrar sería como empezar de nuevo
con estos tres tiempos:

Reviviendo, amando y olvidando porque es la única forma en la
que permanecerá mi existencia en tu piel.

Jardín sonoro ediciones

En segundo plano.   -125-

Cientos de kilómetros entre estos brazos y tu cuerpo pequeño,
pero tan cercanos como para ser complementos.

Tu acompañada, pero sin que deseen tus besos yo solo, pero
queriendo morderlos.

¿Qué te pidiera si no fuera sincero? Lo que a él le has dado,
pero yo si lo quiero.

Y saciar tu necesidad en mí que me explores, me destrozas a
espaldas suyas y así no llores.

Sola no estás conmigo tu cuerpo, tu alma y anhelos sumando
kilómetros de ardiente deseo.

Yo en segundo plano acariciando tu pelo, tu a la distancia
bebiendo de mi cuerpo.

Jardín sonoro ediciones

El diablo.   -131-

A las tinieblas de un alma solitaria buscando la luz te encuentra
todo el tiempo queriendo llevarte al infierno y esos ojos en
fuego como lava, pedazo de ónix incandescente y un cuerpo
surgiendo a la luz del sol naciente.

Y el alma en contorsiones buscando escapar de aquello, pero
no puedo se acerca y me enciende evaporando mi cordura
luchando en este juego, de sólo mirar tu vestido aquel que
portas en cada ocasión distinto, sensual, perturbador
destrozando mis sentidos en deseo descomunal.

Yo luchando por no sentirme perdido por dentro mi corazón
enardecido en estas tinieblas recordando mi condena: tus ojos,
labios, tus piernas, esas caderas tan llenas.

El cabello envolviendo tu sonrisa de lado, tus ojos
acechándome querida señora vestida de diablo, mujer
prohibida el diablo es una mujer, mujer de diablo vestida.

Jardín sonoro ediciones

Gran Logro.   -132-

Es aquel en el que te he dicho tantas cosas que nada ha sido en vano, todas y cada una de las palabras han tenido significado.

Es aquel en el que se deja vida y media por conservar la sonrisa y los sueños tejidos por tus manos.

Es aquel en que el frio, la soledad y la tristeza han encontrado el refugio que en casa no se han dado.

Es aquel en el que lees estas líneas con la certeza de que no hay nada más extraordinario que saber que no llegaste a mi vida por una fortuna insensible, más bien yo te busqué y te he encontrado.

Jardín sonoro ediciones

Marco Antonio Ojeda Pérez

La casa vacía.   -406-

Qué difícil es llegar al final de una jornada sea al medio día o
de madrugada, cansado o lleno de energía que más da si al
final nada es lo que quería.

Que difícil resulta cruzar esta puerta si al entrar nada de lo que
buscas se encuentra el frío y el miedo de estar solo en familia.

Los lazos rotos que sujetan tu vida a estas paredes que dejan
el alma vacía, una mesa con plato y una sopa fría, tus ojos sin
brillo mirando aquella esquina.

Y llega la noche caminando descalzo por donde pies pequeños
jugaran, paredes vacías sin fotografías, no hay más juguetes,
gritos y risas.

 Todo se ha ido borrando hasta el alma gemela, tan solo queda
mi mundo imperfecto, sueños proyectos, triunfos, fracasos
dentro de mi casa vacía.

Jardín sonoro ediciones

La intermitencia de los sentidos.   -407-

Todo pasa y si es que algo queda de ti es solo el momento grabado en el fondo de cada recuerdo.

Uno a uno esos segmentos minúsculos en los que mi piel y la tuya coincidieron por instantes que de no ser por la caída de la luna seguirían siendo eternos plagados de aromas y sonidos como los de un jardín de flores silvestres.

Al mirar cada detalle de ti me hacía encontrarme en la cima del mundo o en una planicie en los confines del paraíso y el sabor de cada beso era como extraer el néctar de cada flor y combinarlo con todas las frutas exóticas de la creación.

Parpadeos, entrecerrar de ojos y el susurro del viento que me han llevado lejos hasta no volver a vernos.

Jardín sonoro ediciones

La marca del tiempo.   -408-

El típico sonido de las horas pasar frente a la vida haciendo
estragos erosionando todo sueño, despertando pesadillas.

El trágico embate de los años tejiendo complejas telarañas
entre los dedos del destino aún y con todo eso tu belleza no se
ha ido y el verano llega a ti diciéndote cuánto te querido.

En alas dibujadas en seda a la luz matutina te miro con tus
suaves aleteos acariciando me cabeza al besar tus pechos
cubiertos por perlas.

Llegada la noche en tu horizonte y tú tiempo contando los
minutos cantando mi deseo, comiendo de tu fruto Hada
maravillosa de hermosos pies ligeros llévame a tu mundo, en el
que cualquier pasaje futuro es bello.

Este tiempo ha marcado tu cuerpo con los cinceles del escultor
moderno en el que todo lo que toca lo convierte en ser
perfecto, señora de los ojos brujos hechízame en tu tiempo
déjame quedarme petrificado frente a tu monumento.

Jardín sonoro ediciones

Legado.   -409-

Con la frente cargada de surcos es como me recordarás y el
entrecejo forzado por error este último esfuerzo, este
sobrehumano deseo de no quedar en el limbo de la
indiferencia.

Y mis manos cansadas de tanto trazo tal vez en algún
momento casi imperceptible pero muy seguro de que algún día
será motivo de estudio.

Y mi mente aún después de tanta desesperanza logra crear
tanto como la imaginación lo permita sin más límites que el
papel y la tinta.

Y en esos momentos justo antes de la partida se desprende de
mí el último trazo firmando mi legado a quien desee divulgarlo
con la misma pasión que me consumió toda la vida.

Jardín sonoro ediciones

Lolita.   -410-

Que te miro de lejos sin cruzar miradas esperando el momento de que así suceda y el tiempo no de atrás la marcha para de un golpe quedar prendado de la blancura de tu piel albina.

Que te miro tanto que tal vez sea molesto o puede no serlo pues a cada movimiento tuyo coincidimos un paso a la vez sonriendo.

Que el perfume natural de tu piel me hechice y me haga volver a ser un adolescente, aquel que muere por su primera vez.

En tanto la melodía de tu voz a lo lejos es la guía idónea para este ciego corazón viejo que latiendo muy lento se hace pedazos ganándole al tiempo.

Y el andar pausado de tus pies y piernas bellas me hipnoticen para llevarme al camino donde has andado sin mirar a quien compone estas letras.

Y si después de leer estas cartas de mí no te apiadas será el momento justo para huir con besos furtivos y caricias robadas.

Lolita no huyas sin leer estas líneas pues en ellas la verdad de que en mi vives entre latidos, sensaciones y recuerdos.

Jardín sonoro ediciones

Letras viajeras II
Marco Antonio Ojeda Pérez

Mi piel de jaguar.   -1025-

El calor y la humedad no hacen mella en mí, pues sé que es parte de esta naturaleza libre y felina, ahora el quetzal me mira sin temor alguno y la serpiente me mira sin temor alguno, porque saben que somos elementos parte de esta misma vida.

En las ramas de la higuera yace mi aposento a la sombra de sus brazos respiro contengo el aliento, en silencio al acecho respiro, contengo, espero mientras te miro pasar con mis ojos hipnóticos sin parpadear perdidos en tu reflejo.

Mis músculos aletargados preparando el ataque en el justo momento, como relámpago amarillo y negro sin desperdiciar movimiento, a la luz y sombra me ajusto por conseguir alimento, devorando corazones, piel, carne y hueso.

Cubierto de sangre me has mirado, pero no es más que eso, pues alimentar a esta alma es un doloroso recuerdo, la soledad mi karma, vivir como guardián errante el precio y la interminable selva mi techo.

A la sombra de la higuera pasan temporales, las lluvias y este calor interminable, mi piel y pelambre a veces insoportables, siempre entre ramas serpientes y el quetzal con sus cantares.

Amanece el día siguiente me muevo como el río entre la jungla y manglares rodeando cada sinuosa curva de tus lugares, que anidando a preciosas aves se vuelve madre, llega el otoño y al calor presenta diferentes tonalidades, los troncos y también en los valles.

Mi piel de jaguar escondida al acecho buscando devorarte poco a poco del invierno al otoño tal vez te atrape, en la primavera floreciente de cantos y murmullos debajo de la higuera a través del río y en los valles, pues mi alma baja de las estrellas cada noche en que tus ojos se abren y se retira por la mañana esperando al ocaso encontrarte.

Jardín sonoro ediciones

Letras viajeras II
Marco Antonio Ojeda Pérez

Sin despedidas.   -1002-

Hoy salgo de casa como todas las mañanas siguiendo esta
rutina el baño, el desayuno, salir bien presentado,

Hoy salgo de casa la misma rutina, acostumbrado estoy a no
mirar atrás, sin llevar más que una chaqueta vieja de la cual los
colores se olvidaron ya

Los mismos jeans pues es lo más cómodo para trabajar, el
mismo peinado, las mismas gafas, el mismo camino por andar.

Hoy salgo de casa buscando esforzarme al máximo trabajando
como cada día, como todos los días, sin que nada se detenga.

 No hay palabras de aliento ni un "aquí te espero" pues crecí en
donde ser proveedor obligado común, tan doloroso pero cierto.

Hoy salgo y camino por dónde siempre lo he hecho,
recordando cada paso, el de ayer, el de hace un rato y el que,
en el futuro dejo.

Salgo de casa extrañando aquel beso de despedida que nunca
me dieron, dejando los muros vacíos y llorando por dentro.

Hoy salgo de casa buscando recuerdos de infancia para llenar
mis pulmones, recordando canciones y juegos en el patio.

La abuela, mirando a mi madre con la vista en la puerta
esperando al viejo como todas las tardes.

Hoy salgo de casa con el corazón en pedazos, la cartera vacía,
nada en la lonchera, no hay beso en la frente.

 Tampoco una despedida, no cargo las llaves pues no sé si la
puerta me esperaría.

Hoy salgo y camino al pasado donde daba alegría llegar a
casa, entrar a un hogar que estaba lleno de vida sin tecnología.

Jardín sonoro ediciones

Letras viajeras II
Marco Antonio Ojeda Pérez

La búsqueda   -1019-

El camino está marcado sobre estas calles de concreto gris
asfalto y acero, sin nada más que mis piernas mi mente y mi
alma.

Entre un millón de personas y nadie a la vez escuchando mil
historias y pensando que la vida se fue.

Busco a la viajera, a esa que de tren en tren va del campo a la
ciudad entre el cielo y su manto aquello que me da la paz.

 Busco a quien me llevara de nuevo a reflejarme en tus ojos del
Alba al anochecer.

Entre tanta gente y nadie a la vez convertirme en cronista los
diarios en esta urbe o en cualquier otra recorrer sus calles.

 Deshacer sus entrañas y contar historias nuevas del hoy y del
ayer escribiendo sobre páginas vírgenes estas historias de
letras viajeras de la hora y del ayer.

Jardín sonoro ediciones

Dinosaurios.   -999-

¿Que hemos dejado a final de cuentas para la posteridad??

La evolución va en línea recta no da marcha atrás, al menos hasta que nosotros llegamos.

Llegaron las plantas y diversificaron.

Llegaron las aves y diversificaron.

Llegaron los mamíferos e hicieron su trabajo.

Llegaron los peces, también complementaron.

¿Pero qué hay de ti ser humano?

¿Qué es lo que has dejado sino migajas?

Un mundo gris.

Un mundo frío.

Un mundo rígido.

Estructuras de hierro y concreto cuál mortaja indeleble.

¿Qué hay de ti?

¿Qué es lo que piensas dejar?

Si no ha quedado nada ya.

De regreso.

Jardín sonoro ediciones

Marco Antonio Ojeda Pérez

La noche llegó para ti demasiado pronto niña de los ojos grandes no era tiempo todavía, no era el día en que dejaras a los niños atrás.

La noche te escondió de todo, del canto del ave que en las mañanas no querías apreciar, del ruido de los niños alrededor que sólo jugaban una vez más.

La noche te alejó del tiempo, del aroma del campo en el viento, de la caricia amorosa del morenito, de la niña grande y de la pequeña que mujer es ahora.

La noche se quedó dentro de tu cabecita envolviendo recuerdos y dejando atrás acciones por las cuales no valió la pena la negrura inmisericorde.

Y el llanto humedeció la tierra que fuera tu lecho momentáneo y la madre dejó media vida velando tu sueño y los hermanos guardianes de tu cuerpo.

La noche te escondió más de treinta días en su seno, pero no para llevarte por completo pues hijos, madre y hermanos esperaban verte renacer de entre el barro seco.

No quede duda que no renaciste en vano. Que la lucha era tuya y de quién te arrullaba en la cuna de la inconsciencia ¿recuerdas a la madre tomada de la mano sin fuerza que no comió ni durmió hasta ver tus ojos grandes brillar de nuevo?

A los hijos que en treinta días ya no eran pequeños y los hermanos como pilares resguardando tus recuerdos, ha valido la pena ser escondía por la noche y volver a la vida siendo rayos de sol de la mañana en un mundo totalmente nuevo.

Niña de ojos grandes renaciste para ser guardiana de la madre y los hijos que encontraron tu camino de regreso.

Dedicado a mi hermana.

Jardín sonoro ediciones

Letras viajeras II
Marco Antonio Ojeda Pérez

LETRAS PARA LAS HADAS.

Señora hada:

Ojos llenos de magia, sonrisa y sincera me esperan. Un relieve frondoso en sus caderas recorrer y a los pasos de un par de pies guapitos yo andaré aun cuando de lejos te vea, cada avance seguiré.

Y dejé de mirar al cielo buscando llegar a las estrellas allá tan lejos, porque cuando llegue a ellas habré muerto de viejo. Es mejor crear un bello sueño para colocarlo en el firmamento.

Miro en tus ojos, me pierdo en su profundo misterio hasta llegar al mismo infierno donde consumido por el fuego de tus besos alcanzaré el descanso final.

Pobre aquel que abandone el laberinto de tu cuerpo sin extrañar sus muros, que manera de perderse dentro de ellos en vano si te dejas deslumbrar por lo resplandeciente del sol abrasador y terminas evaporándote.

Se extingue una pequeña vela aquí en este minúsculo sitio, pero allá a donde tú vas nace un lucero que me guiará al camino bueno.

Jardín sonoro ediciones

El hecho de abandonar el barco no es porque se esté yendo a pique, pero qué caso tiene seguir navegando sin timón en medio del huracán de la indiferencia.

Si un par de miradas se llegaron a cruzar es que en sus caminos el destino así lo indicaba, ni hojas de ruta ni flechas a seguir mandan en la dirección que tome el corazón.

Los restos de amor nunca han sabido mejor que en aquel paladar al cual solo llegaron migajas y sal.

El café.

Caliente y oscuro excelente al gusto por el inminente misterio de llevarte a mis labios, así es como me deleito y te saboreo hermosa mujer hechicera.

Beber de ti.

Embriaguez de mi ser al beber de tus labios. Alocados deseos de perderme en tus senos y hacer como que me ahogo en tu néctar.

Jardín sonoro ediciones

Somos lobos.

Somos de piel, aroma e instintos. Devoradores de almas ardientes y cuerpos pecadores saciando deseo y sexo al amparo de la noche y la luna llena.

¡Señor!

No me des alas, no quiero volar aún, no quiero ser la luz.

Quiero poder bailar al ritmo de la música de las hadas y transformarme en polvo sobre sus campos floridos.

Si tus ojos fueran el océano me sumergiría tan profundo en ellos que ahogarme sería la única alternativa para no naufragar de deseo.

No existen las almas buenas ni las personas amables, solo es que tal vez nosotros esperamos que lo sean y eso es correspondencia de las hadas de los cuentos y la fragancia de una mujer hermosa.

Hoy me vas a odiar o amar. Amanecí prosaico, vulgar, grosero y corriente como para que me bloquees o me acoses.

¡Y te aguantas!

Jardín sonoro ediciones

Letras viajeras II
Marco Antonio Ojeda Pérez

Almas dolientes.

El dolor del alma no se va, aunque cambies de cuerpo, mucho menos de nombre.

Morir entre miradas y sonrisas es tan común como la lluvia en el mes de julio.

Regalo.

En pedacitos remendado hecho girones ha quedado y así te lo obsequio, apaleado y lleno de agujeros, no vale gran cosa pues no es más un despojo de lo que fue, pero es lo que tengo y te lo dejo en prenda de lo único de valor que me queda.

Estás aquí.

Una mirada de esos ojos brujos un solo pestañeo con tus grandiosos abanicos.

¡Una sonrisa de esa boca chiquita y hacerme bailar al ritmo de tus pies guapos, pura magia seora hada!

La señora hada.

No es que seas fantasía y que no existas en ningún lugar, está ahí con tus treinta y tantos y tus curvas de mujer madura, esos ojos brujos tan llenos de encanto, tu boca pequeña y tus pies guapitos señora hada que no eres una mentira y que tu magia radica en tus niñas.

Jardín sonoro ediciones

Letras viajeras II
Marco Antonio Ojeda Pérez

En mil pedazos.

Reconstruyo lo que fue de mí y encuentro las piezas más
queridas en el fondo de estas viejas heridas, cicatrices
estelares formando aquellos universos inconmensurables a los
que han llegado mis despojos.

Un día llegará a su fin cuando el café haya sido sorbido por
completo de mi taza y renueve la energía de este viejo
corazón.

Amanecer en penumbras de ti es como abrir los ojos para
llenarlos de arena.

Amanecer sin ti es romperse el corazón y juntar los trozos
dentro de una botella.

Niña bonita.

Esos pétalos no son más que para orillarme al precipicio y
¿sabes? No me importa arrojarme al vacío después de probar
tus besos.

Espejo plateado que del cielo pendes, dame el reflejo de la
musa de las noches claras ya sea para enmarcar sus
horizontes o para transformarme en lobo y devorarla.

Jardín sonoro ediciones

Letras viajeras II
Marco Antonio Ojeda Pérez

Soy una persona tan temperamental que cuando mi ego y los sentimientos se devoran entre sí, tal vez ya le haya prendido fuego a la PC después de redactar estas líneas, para luego terminar ahogando mis propias palabras en el WC con ganas de rescatarlas algún día cuando salgan de las cloacas.

La mejor manera de ser invisible es hacer todo por los demás y después dejar de hacerlo, el resultado la mayoría de las veces está garantizada.

El límite.

El límite de los sentidos se encuentra justo al abrir los ojos y llenarte de todo, de tanto dolor como se pueda percibir. Esa calidez de la luz bañando cada cosa para darle forma y razón, para ser percibida y pertenecer a mi universo secreto.

Jardín interior.

Reverdecer llena de flores, el jazmín, la azucena, no sé ver tanto color en tus pétalos exótica niña de aroma tan dulce con ese toque de sensualidad. Me hechiza tu ser frondoso y lleno de vida.

Reciclaje.

Burdo trazo de líneas primigenias con colores casi inexistentes convertido apenas en un lamentable despojo, un esbozo tristemente entintado sobre palabras dulces que se revuelcan en tiza de viejos dibujos de pasados inmisericordes.

Jardín sonoro ediciones

Letras viajeras II
Marco Antonio Ojeda Pérez

Conceptos.

Actos consientes del subconsciente con necesidad por el ser y
el estar, la conexión sin tacto físico, la armonía de los sentidos
y la lógica de los quereres que cuando se tienen se ignoran y
cuando se pierden sólo hieren.

Entre unos y otros morir de amor es la solución cuando el dolor
es igual a no verte.

Sé apacible como el viento acariciando al cerezo en flor, sé
cómo el sol que luz a un par de ojos color miel.

Mirando al horizonte es como entiendo la vida a través de tus
ojos, suele ser melancólica, cubierta de nubarrones de
llameante sentir o de un tono violáceo que te hace querer
descansar en los brazos de alguien.

La soledad.

Quieres alejarte y solo encuentras personas, quieres escuchar
solo tu voz interna y se llena de murmullos todo lo que te
rodea. Así pues, no hay nada más relativo que la soledad y
nada más preciado, aunque todos peleen por el amor. Nadie
valora la sombra que lleva cosida a sus pies no pesa y te es fiel
hasta en la oscuridad.

Jardín sonoro ediciones

La verdad sobre el amor.

Es que no es algo que se busque, pero llega.

No huele, pero la percibes.

No sabe a nada, pero la paladeas, no la ves, pero te llena la mirada.

No se puede escuchar, pero suena como el canto de las aves.

No lo puedes tocar, pero lo sostienes.

¿Y realmente sabes donde se encuentra?

Solo busca un espejo y mira dentro de él.

Atado a tus pies cual sombra sin más opción que seguirte a donde vayas sufriendo la indiferencia de tus actos dolorosos.

Sin embargo, con la certeza de que el día que se rompa el hilo que nos une dejare de ser la sombra para convertirme en la más resplandeciente alma.

El amor es como el aire, una vez que entra en ti no puedes parar de aspirarlo, solo te queda absorber y vivir feliz con lo que te deje.

Que lo que no te sirva de nada afuera se queda.

Jardín sonoro ediciones

Letras viajeras II
Marco Antonio Ojeda Pérez

¿Café?

El color de tus ojos me hace no querer dormir, descafeinado o
no, eso no importa.

Si el beberte es igualmente placentero ya sea, desnuda o con
vestido de noche.

Sombras.

Entre sombras es mejor a veces estar, pues de tanta luz los
colores del cariño grises han de terminar.

Y si dentro de lo deslumbrante de un cálido deseo no hay la
mínima sombra es que no era auténtico.

Te cambio estas flores por un ramillete de tus más bellos
pensamientos a ver si con ellos puedo perfumar las páginas
que he escrito.

Estos días han dejado textos e ideas como si fueran flores en
el kiosko de un jardín o en la florería.

Referencia a conversaciones con Leonor Sánchez (Sevilla;
España) *

Jardín sonoro ediciones

_Por eso en cuanto hacen un agujero aparecen ruinas de cualquier época (Leonor Sánchez) *

_Las entrañas de un gran pueblo siempre están compuestas de semillas germinando de las civilizaciones que lo engendraron (Toño) **

_ A veces nos superan las vidas de otros (Leonor Sánchez) *

_ Si, muchas de las veces nuestra vida se vuelve más un libro de recetas, otras de una novela, lo feo es cuando se convierte en un libro de texto. (aburrido y del que todos huyen) _Toño**

Presentes siempre.

Fuertes, valientes, amorosas, impredecibles, únicas cada día desde el inicio de la humanidad, así son las mujeres.

He pensado "que alivio que no me pasa a mi sola, el estar en blanco".

Minutos después

Ahora mi ventana a la calle es esta, poder asomarme por ella y hablar contigo (Leonor Sánchez) *

¡Ja ja ja! Yo más bien me voy a negros como cuando reinicias el ordenador con la misma angustia de no saber si va a regresar. (Toño) **

Jardín sonoro ediciones

Letras viajeras II
Marco Antonio Ojeda Pérez

Todo de ti.

Extraño tu silueta dibujada bajo la puerta, extraño el sonido de
tus pasos pausados, ese eco que retumba en el corredor, tu
perfume y tu voz.

Extraño el poder de tus ojos sometiéndome con solo el
parpadeo de tu corazón cruel, extraño todo eso que nunca viví
pero que de seguro conoceré alguna vez.

Jardín sonoro ediciones

Letras viajeras II
Marco Antonio Ojeda Pérez

<u>Créditos por la obra</u>

Las observaciones y referencias detalladas en esta sección (Letras para las Hadas) apuntan a conversaciones con la "señora Hada" fuente de muchos de los escritos.

*Leonor Sánchez, escritora de la novela "La ventana de la vida©" activista cultural de Valencia; España, creadora de relatos cortos con tonos vívidos y frescos protagonista en algunas de las frases alimenta parte de estos textos.

** Toño, con el seudónimo de "omega orbius" cronista local de ciudad de México da aliento a las líneas anteriores gracias a la observación de la personalidad de las masas en esta era de comunicaciones digitales.

Jardín sonoro ediciones

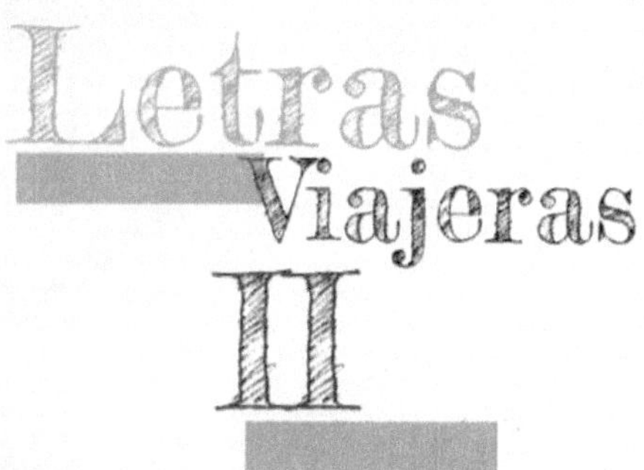

Letras viajeras II
Jardín sonoro ediciones